W02896000

Otto Keller

Schnitz ond Zwetschga

Schwäbische Gedichte

Verlag Karl Knödler
Reutlingen

Bei der vorliegenden Ausgabe handelt es sich
um eine Neuausgabe der früher im
Adolf Bonz-Verlag erschienenen Titel
»Schnitz ond Zwetschga« und »Oinaweg muschber«

Printed in Germany 1984
Herstellung: Druckerei Harwalik KG, Reutlingen
ISBN 3-87421-132-0

Schnitz ond Zwetschga

Em ganza deutscha Vatterland,
Do isch dia Tatsach' wohlbekannt:
Es hot d'r Schwob en guata G'schmack,
Scho weil er »Schnitz ond Zwetschga« mag.
Drom han e so mei Büachle dauft,
No woiß e g'wieß, daß 's jeder kauft,
Denn »Schnitz ond Zwetschga« isch a G'müas,
's isch net grad z'sauer, net grad z'süaß,
's isch au em G'schmack noch net grad z'herb,
's isch net grad z'woichlich ond net z'derb,
Kurz, wia 's en jeda Schwoba frait,
Drom guata-n-Appetit, ihr Leit!

Dänzer

Als Bua hot's mi oft arg verdrossa,
Wenn i han dänzert vor em Haus,
Und wenn no oiner so zom Bossa
Mit Fleiß mir macht mein Dänzer aus.
Wia hot der Tropf do lacha kenna,
Bis i-n-em Schuß han wieder g'het;
I han me gwurmt em Herza drenna, –
Der hot vor Fraid sich selber dreht!

Es goht au oft em ernschta Leba
Wahrhaftig wie beim Dänzerschpiel,
Was muaß mer sich für Müah oft geba,
Bis oim sei Dänzer danza will; –
Und moint mer endlich: jetz isch g'wonna,
Er danzt, wia-n-er no danza ka,
Er dreht sich luschtig en der Sonna,
Daß mer sei hella Fraid hot dra . . .

No kommt ganz gwies von henta g'schlicha
A Lomp, a stadicher, derher,
Dem mer em Boga-n-aus wär' g'wicha,
Wenn's no net z'schpät scho g'wesa wär. –

Di Tritt, – em Boga fliagt der deinig'
En diafschta Dreck en Kandel nei,
Eb d' ufguckschst, danzt dem Fetz der seinig',
Wo's eba-n-ischt ond Sonnaschei . . .

Ob d'au verwenscht den frecha Schwenzer
Der feig' di um dei Glück bedriagt,
Kascht z'frieda sei no, wenn dei Dänzer
Net gradewegs en d'Dohla fliagt. –
Probier's halt wieder, schluck dein Ärger
Ond hau druf los, daß d' Peitscha knallt,
Ond sieh de vor vor Fetzaberger –,
's lauft mancher rom en Biederg'schtalt!

Vielleicht

D'r Fritz hot für mi heit a-n-Ausgängle g'macht,
I gib em a Zehnerle, – do hot er g'lacht,
Er lupft brav sei Käpple, secht: »danke recht schee«,
I pack en am Ärmel, – grad wia-n-er will geh'.
I frog en: »Wo duascht jetzt des Zehnerle na?«
No lacht me des Male ganz treuherzig a,
Er gibt mer zur Antwort, ond guckt pfiffig drei:
»Des due-n-e »vielleicht« en mei
Schparbixle nei . . . «

Reichtom

Wia treibets doch d' Menscha
So domm en der Welt,
Se rennet ond jaget
Alloi bloß noch Geld,
Se machet anander
Oft's Leba gar schwer,
Ond gebet für Geld
Glück ond Frieda-n-oft her.

Wenn oiner viel Geld hot,
Des isch jo ganz nett, –
Ob i mit em dauscha däht,
Woiß e no net;
Gar viele send reich, doch
Em Herza, o mei,
Send arm se – koi Bettler
Ka ärmer meh sei!

Wenn i au koi Geld han,
Be z'frieda doch i,
D'Welt biatet oinaweg
Glück gnuag für mi; –
Jong ben e ond gsond,
Ond i leid au koi Not,
Ond brauch me net z'ängschta
Oms dägliche Brot.

I frai me mei's Lebes,
So viel als e ka,
Ond guck e mein Schatz
Mein herzdausicha-n-a,
No pfeif e uf Reichtom
Ond denk so für mi:
Koi Mensch isch so reich
Wie mei Liesel ond i!

Uf d'r Poscht

A Bauraweible kommt uf d' Poscht,
Ond frogt, was e Paketle koscht,
's isch groß ond au a bisle schwer,
So gibt se 's dem Beamta her.
Der wiegt glei des Paketle g'nau
Ond secht no zu der Baurafrau:
»So koscht's zwoi Mark, es isch halt schwer,
Drom ganget er am beschta her,
Ond machet zwoi Paketla draus,
Des macht am Porto viel glei aus!«
»Ha«, secht des Bauraweible no,
»I woiß net, wia-n-e dees soll do,
Vielleicht, daß ihr mir 's kennet sa:
's isch drenn a Ziehharmonika!«

Kaffeekränzle

Se sitzet beinander ond ratschet ond batschet,
Se trenket Kaffee oder schlürfet Schoklad. –
»Frau Maier, den Kuacha, den miaßt Se versuacha,
I be 's überzeigt, – gell, Se saget's jo koim, –
Dä d' Tanta bald schterba, – no dä se no erba,
Se sei a weng schäbs, ond en Fellbach derhoim. –
Der Ma, descht a Feger, mer kennt'a jo wäger,
Der laß sich bald scheida jetzt von seiner Frau!«
Ond denket Se bloß au, Frau Schmid ond
 Frau Müller,
Was mer sich von d'r Frau Kanzleirat verzählt!
Dui sei so lang gschpronga, bis für ihren Jonga
Se endlich häb gfonda a Mädle mit Geld!« –
»I will jo nex gsagt han, net wohr, meine Dama,
I be 's überzeigt, – gell, Se saget's jo koim, –
Dä d' Tanta bald schterba, – no dä se no erba,
Se sei a weng schäbs, ond en Fellbach derhoim. –
U jesses, do kommt se!« – »Griaß Gott,
 Frau Kanzleirat,
Viel Glück zur Verlobong – mer fraia ons sehr,
Net wohr, Frau Kanzleirat, jetzt wird au bald
 g'heirat?
Wenn zwoi so sich liaba, fallt's Warta-n-oft schwer.«
Ond während dia Dama so schtricket ond schticket,
Ond drenket Kaffee oder schlürfet Schoklad,

Schwätzt eifrig d' Frau Müller von Goethe ond
Schiller
D' Frau Maier von Gsälz ond von Härengssalat,
D' Frau Mack, dui verzählt von d'r jonga
Frau Dokter,
Ond ißt oi Schtick Dorta oms ander vergniagt,
Es sei schier a G'wohnet, es häb en sex Monet
D' Frau Dokter es siebete Denschtmädle kriagt.
D' Frau Schulz ond d' Frau Müller, d' Frau Schmid
ond Frau Maier
Send glücklich beim dankbarschta Thema,
»beim Ma«.
A jeda hot z'klaga, es sei net zom saga,
Ond jeda secht, sui sei am übelschta dra. – –
Om sexe, do packet se d' Schtrickeza z'samma,
Ond saget sich drei- oder viermol adje,
Ond send se no gschieda, secht jeda sich zfrieda:
Was isch's doch em Kränzle so gmiadlich ond schee!

’s brennt!

En alter Zeit, potz sapperment,
Wenn’s do amol hot ghoißa: »’s brennt«,
Descht g’fahra-n-oim durch Mark ond Boi,
Verschrocka isch do groß ond kloi.
Bischt g’lega warm em Nachts em Bett,
Ond hoscht vielleicht grad draimt ganz nett,
Uf oimol – i denk heit no dra –
Hot’s g’hoißa: »Schtandet uf, ’s schlächt a!«
Jetzt nex wia zu de Better raus,
Als däht oim brenna ’s oiga Haus,
Wenn’s au em fernschta Schtadttoil brennt,
Ufschtanda duat Ma, Weib ond Kend.
D’ Schtiftskirchaglock, dui rueft mit Macht
Ihr »bom, bom« schauerlich durch d’Nacht!
»Bom, bom« – aha, jetzt woiß mer scho,
Es brennt em erschta Batallio;
Schlächts »bim, bam, bom«, woiß jedes Kend,
Em zwoita Batallio es brennt.
Jetzt wird’s lebendich uf d’r Schtroß,
Hornischta schmetteret druf los,
Von älle Ecka schprenget her
Dia Manna von d’r Feierwehr.
Pechfackla brennat schaurich schee
Am Feierlöschgrätmagazee.
Ond älles lauft ond älles rennt

Ond schreit brav – schrei'sch net, gilt's net –:
»s' brennt!«
Derweil schprengt oiner, was er ka,
Ond guckt d'Schtiftskirchlaterna-n-a,
Dia d' Richtong zoigt, – jetzt woiß mer scho,
Ogfähr da Weg ond's Batallio. –
Jetzt raset her en äller Eil
Dia Kutschersleit mit ihre Geil;
Wer z'erschta kommt, – se wissets scho, –
Der kriagt an Extradahler Loh! – –
Jetzt d' Schpritza raus und nex wia los?
Wißt mer no au da Brandplatz bloß!
Den fendet mer, mer woiß jo scho
Ogfähr da Weg ond's Batallio! –
Se fahret fort wia's wilde Heer,
Halb Schtuagert schprengt derhenter her;
Ond dia net mit send, suachet druf
So langsam wieder d'Better uf,
Ond bettet: »Herr, schütz unser Haus!« –
Ond löschat sachte d' Lampa-n-aus. –

Ja, froget no dia ältre Leit,
A Brandnacht en der alta Zeit,
Des isch es schauerlichschte gwä,
Was 's überhaupt hot kenna gä. –
Glaubt's oiner net, ond sieht's net ei,
Ka's bloß der Branddirekter sei!

’s Parabli

A Bauer guckt sich Schtuagert a,
Schtolz fahrt er en d’r Schtroßabah,
Er kommt net aus em Schtauna raus,
So schee ond groß isch Haus an Haus.
Des lohnt sich scho, potz sappermoscht,
Wo d’Fahrt bloß a paar Pfenneng koscht!

Sein Schirm, den loihnt der guate Ma
Dicht neba sich so ogschickt na,
Daß d’ Schpitza, wia’s mitonder goht,
Em Laufgang mittla drenna schtoht.
Er merkt’s net – d’ Schtadt isch halt so schee –,
Uf oimol, boms! – d’r Schirm isch he!

A Herr, der naus zom Waga will,
(Der Waga schtoht no net ganz schtill)
Der kriagt en Schucker, fliagt fascht na,
Ond tritt dem guate Baurama
Mit ama: »Ach, verzeihen Sie«,
Sei ganza Schpitz vom Parabli! –

Der Herr, ganz en Verlegaheit,
Secht: »Ach, es tut mir wirklich leid,

Was ist zu machen, hin ist hin,
Was kost't der Schirm, ich zahle ihn!« –
Do aber guckt der Baurama
Den Herra ond sei Schirmle a:

»Wa, zahla,« secht der Bauer, »noi,
I be vorher a bisle kloi,
Was brauch denn i a Schpitza dra,
Descht ebbes für en groẞa Ma.« –
Er schtoßt sei Schirmle uf ond lacht,
»Jetzt baßt's, wia extra fir me g'macht!«

Aus de Feria z'rück

's ischt schee en de Feria, des isch koi Frog,
Wenn mer so erholt sich von Arbet ond Plog,
Mer sieht do manch Plätzle, des so gut oim g'fällt.
Mer moint, 's gäb koi scheeners meh leicht uf d'r Welt. –
Doch wieder d'rhoimda em häuslicha Krois,
Mer d' Hoimet uf 's neie erscht z'schätza recht woiß,
Ischt's no so schee draußa, – a Schtemm secht en oim:
Am schenschta isch d' Hoimet – d'rhoim isch d'rhoim!

D'r Gaulshandel

D'r Tone hätt'en Gaul gern kauft,
Ond zwor oin, der a bisle lauft,
Drom goht er uf da Gaulsmärkt na,
Und guckt sich älle Geil dort a. –
Do lauft er rom mit Kennerauga,
Ond priaft dia Geil, dia ebbes dauga.

Dort schtoht a Geile, Heidasack,
Des wär so grad vom rechta Schlag,
Net z'groß, net z'kloi, kurzom grad recht,
So wia d'r Tone gern ois mecht.
Ha no, des Geile wär net ohne,
So denkt em Schtilla sich d'r Tone.

Doch wia-n-er-em ens Maul guckt nei,
Secht er glei vor sich na: – O mei!
Du hoscht – bischt au von außa schee –
A Johres zwanzge ond no meh.
Nex isch, do suach i scho en andra,
Denkt Tone, ond will weiter wandra.

No aber fangt der Händler a:
Gel, deescht a Geile, liaber Ma?
So jong, so schlank, so wonderschee,
Gibt's uf em ganza Märkt kois meh.

Ond koscht, was de gwieß selber wondert,
Für di, schtatt dauset Mark – achthondert!«

Der Tone aber secht koi Wort,
Drom lobt der ander älls meh fort:
»Ond laufa ka's, was sag i – renna!
En Preis kascht mit dem Dierle gwenna!
De bischt, fahrscht morgeds weg om viere,
Om fenfe z' Backne, garantiere!«

Der Tone kommt net aus d'r Ruah,
Ond secht koi oizigs Wort derzua,
Blos schließlich moit 'r: »'s tuat mer leid,
's wurd nex aus onsrem Handel heit;
Was soll denn i, 's wär jo zom lacha,
Om fenfe morgeds z' Backne macha?«

Wia d' Menscha send

Guckt mer so de Menscha zua,
Wia se hetzet, net zom saga,
Wia se ohne Rascht ond Ruah
Rücksichtslos durchs Leba jaga!
Net oi Mittel isch en z'greng,
Gilt's en Vordeil bloß z' erhascha,
Ond, wenn d' Welt en Fetza geng,
Kommt bloß Geld en ihre Tascha.
Was wird noch em Nächschta gfrogt,
Der soll no sei Herzbluat geba,
Hat er sich au z'tod fascht plogt,
Durch a ganzes Menschaleba.
Isch er alt ond lahm ond kromm,
Muaß er Heim ond Hof verlassa,
Wenn's – koi Deifel scheert sich drom –
Oim grad en sein Kram duat passa. –
Des macht so oim 's Herz net schwer,
Mitleid isch gar rar uf Erda,
Jo, oi Aug gäb mancher her,
Wenn der andre blend däht werda. –

Ond trotz äller Gier ond Hatz,
Oi Ziel ka mer bloß erreiche,
's isch a wenzig kloiner Platz,
Gleich groß, ob für Arm', ob Reiche.

Selbst em ällerreichsta Wicht
Ka mer doch am End vom Leba,
Wenn der Tod sei Machtwort spricht,
Net meh wia sex Bretter geba.

D'r Konfermand

Gucket no des Male a,
»Herrle« mecht e faschtgar saga,
Glaceehändschich hot 'r a
Ond en Schtendlengs-Hemmedkraga!
's Hemmedbrüschtle weiß ond schteif,
Uf d'r Bruscht a Bloamaschtreißle,
Neie Schtiefel an de Füaß,
Sieht mer 'n uf d'r Schtroßa schteißle.
Wenn de uf sei Weschte guckscht,
Alterle, do kriagscht fei Mores:
Uhr ond Kette hot er a,
(D' Uhr isch leider scho kapores!)
Uf em Kopf, jetz do guck her!
Sitzt a Gecksle, schteif ond zierlich.
Distoils renomiert er mit,
Distoils isch 's em fascht schenierlich.
Wann er au en Lada kommt,

Schillt er nei en d' Schpiegelscheiba,
Soll em doch des scheene Bild
Ewig en Erennrong bleiba!
Guckscht en an, no secht sei Blick:
Was wird der jetzt drieber saga,
Sieht denn der no net, daß i
Jetzt dua lange Hosa traga? –
Konfermändle, gniaß dei Glück,
Muasch des Kloid en d' Lompa geba,
No adjes, o Kenderzeit,
Rom isch's scheenscht Toil von deim Leba.

Mitonder

Mei Mädele hot heit a Wefzgle entdeckt,
Grad siehn e, wia 's noch em sei Händle scho schtreckt,
Drom ruaf e: »Laß fliaga, sonscht schtichts de am End!«
»Ja deant denn dia schtecha?« so frogt me mei Kend,
»Ja freile mitonder, do schtechet se fescht,
Drom daß mer des Wefzgle du fliaga fei läscht!«
»‚Mitonder', do schtechet se«, moit dia kloi Hex,
»Gelt, aber ‚mitober', do deant se oim nex?«

Mueder, guck zom Fenschter raus

D'r Schörschle ond sei Freind, d'r Fritz,
Send älle boide Donndersblitz,
Dia spielet uf d'r Gaß zelband,
Uf oimol schtreitet se mitnand:
»Des glaubsch mer net? – läsch bleiba halt,
Wart Alterle, des hemmer bald.« –
Ond ziagt sein Freind, da Fritzle, druf
Vor's Schörschles Haus na, ond schreit nuf:
»Mueder, guck au zum Fenschter naus!«
Er schreit, was aus em Hals goht raus:
»Mueder! – Mueder!« ond gibt koi Ruah.
Die Mueder denkt: Der Donndersbua,
Der siadich, wenn der rufkommt heit,
Der kriagt fei net schlecht 's Fell verblait!
»Mueder, guck au zum Fenster raus!«
Des haltet jo kei Deifel aus!
Se reißt ganz narret 's Fenster uf:
»Was gibt's?« – Ond beide glotzet nuf. –
No oimol rueft se jetzt: »Was willscht?« –
»Nex, – 's Fritzle glaubt's net, daß du schillschst!«

Des alte Häusle

Jetzt reißet se des alte Häusle ei,
Des hondert Johr – ’s ka-n-au no länger sei –
hot trotzt de Schtürm, de Nöta ond d’r Gfohr,
Des Loid ond Fraid hot borga so viel Johr.
Scho decket se da Giebel oba los,
Mit Kracha fliaget d’ Ziegel naus uf d’ Schtroß.

I schtand abseits ond guck wehmüatig drei,
Wia se so schlaget d’ Wänd ond d’ Decka-n-ei,
Dia Fenschter schtarret leer ond schwarz mi a,
An oim hangt no a Schwalbaneschtle dra.
Bei jedem Agschthieb, jedem Schtoß ond Tritt
Moin i, ’s gang mir a Schtück vom Herza mit.

En seller Schtub drenn hot a braver Ma
Sich plogt ond quält vom früaha Morga-n-a,
Hot für de Seine drenna gwirkt ond gschafft,
Bis er am End isch gwä mit seiner Kraft.
Trotz schwerer Zeita, voller Lascht und Not,
Hots seine Kender doch nia gfehlt an Brot.

Derneba hot sei Weib en mancher Nacht
Em diafschta Loid an Krankabetter gwacht,
Am erschta Dag, wo d' Früahlengssonn hot gscheint,
Hot's dort em Eck drenn bitter gschluchzt ond greint,
Wia ihr mit rauher Hand d'r harte Tod
Ihr herzigs Kend, a Büable, gnomma hot.

Uf sellem Boda – o, wia woiß i's no! –
Hent ihre Kender 's erste Schrittle do,
Dia heit scho lang ihr Hoim vergessa hent,
Dia 's Schicksal hot verstrait en älle Wend,
Dia en der Fremde suachet heit ihr Glück.
Kaum ois fend't meh da Weg en d' Hoimet z'rück.

Dort an dem Fenschter, des mer drieber sieht,
Wia hent do einschtens Bloamaschtöckla blüeht!
Ond wenn i onta gschtanda ben am Dor,
Do guckt a goldblonds Kend derhenter vor; –
I moi, i sieh no heit des jonge Bluat,
Des doch scho so lang ontrem Rasa ruaht.

A Donnerschlag goht mir durch Mark ond Bei:
Jetzt fallet grad dia Riegelwänd voll ei, – –
Bald macht a Prachtsbau uf dem Platz sich breit,
»Das Alte stürzt, es ändert sich die Zeit!« –
Mir aber isch's em Herza drenn so schwer,
Wia wenn a liaber Mensch mir gschtorba wär.

D'r Schlaule

A mol hent Büebla frisch ond frei,
Ond viele Mädela derbei,
En Ausflug g'macht em Greana draußa,
Von Tübenga noch Bebahausa. –
Ond wia se so am Schlößle send,
Hent se sich schier vor Fraid net kennt,
Denn drenn em Garta, do hent gsessa
Dia Majeschdäta ond hent gessa. –
Do schbicket se zom Dörle nei:
Guck no, viel Dama send derbei,
Ond Herra au net wenige
Beim Kenig ond d'r Kenige! –
Was isch den des, es Dor goht uf.
A nobler Deaner zoigt sich druf,
Ond wenkt en freindlich eizutreta
En Garta zu de Majeschdäta. –
Se derfet nei, wahrhaftig gar,
Zu onsrem liaba Kenigspaar!
Wia hent vor Glück dia Herzla gschlaga!
Des isch a Freid gwä, net zom saga!
Kaum send se drenna so a Weil,
Tönt's hell: »Heil onsrem Kenig heil«,
Ond weil ois moint, em Kenig gfall es,
Sengt älles »Deutschland über alles«! –
Do schtoht der guate Kenig uf,

Ond schickt oin von de Deaner nuf,
Der brengt (wahrhaftig, do kascht lacha)
En ganza Korb voll guate Sacha.
D'r Kenig ond d' Frau Kenige,
– So guat wia dia gibt's wenige –
Vertoilet druf mit frohe Miena
Schokladetafla ond Pralina. –
D'r Hans, der hot a Tafel kriagt,
Dia brengt 'r selig ond vergniagt
De Eltra hoim ond secht voll Freida:
»Dia heb i uf für älle Zeita,
Moit Ihr, daß i dees je vergeß,
Moit Ihr, daß i dia Tafel eß?
Noi, nia, net en meim ganza Leba,
Denn dia hot mir mei Kenig geba!
Woisch, Papa, seller Kriegersma,
‚Gott grüß Euch, Alter' – so fangts a –
Em Lesebuach des schee Gedichtle
‚Vom Pfeifakopf« – es glüht sei Gsichtle! –
»Recht hosch, mei Büeble, heb se uf«,
Mit Lacha secht d'r Pape druf:
»Doch wia ischs, wenn d' Versuachong, Mändle,
Di trifft mol em a schwacha Schtendle?«
»Des gibt's wohl kaum«, secht do der Bua,
Ond lacht so halberlei derzua,
Ond halb verlega moint er druf:
»No heb e halt's Papierle uf!«

Bildong

Seit Johr ond Dag, so lang e woiß,
Drifft mer da Karle en d'r »Gois«,
Sei Freind nemmt's Leba-n-au net schwer,
Ond mag da Moscht so arg wia der,
Drom treffet sich dort immer wieder
Dia zwoi – d'r Karle ond d'r Frieder!

So goht des Deng johraus – johrei,
Wenn d' Obeds halt en d' »Gois« kommscht nei,
Wenn koi Mensch drenn wär, i sag »wenn«,
Zwoi aber hocket sicher drenn,
Ond drenket Moscht gar brav ond bieder:
D'r Karle ond sei Freind, d'r Frieder!

Uf oimol am a scheena Dag
Der Karle, – 's drifft me fascht d'r Schlag,
Der hockt für sich, – ja kas denn sei?
Ond schtiert schtomm en sei Moschtglas nei;
Da Frieder, – i be ganz verschrocka,
Sieh solo en d'r Eck i hocka.

»Ja Karle«, frog e, »sag mer bloß,
Was isch denn au mit eich zwoi los,
Send denn ihr niebergschnappt, ihr zwoi,
Worom hockt jeder denn alloi?
Hent ihr, dia doch so guat befreindet,
Uf oimol eich denn ganz verfeindet?«

No aber fangt d'r Karle a:
»Den Sembel guck e nemme a!
Den Allmachtsballe! Des Kameel!
I miaßt me schäma, meiner Seel,
Däht i mit dem, – 's ka's jeder hera,
Als Mann *von Bildong* no verkehra!«

– – Was wohl mit dene isch bassiert,
Des hot me nemme entressiert,
I guck, weil i nex schwätza ka,
Schprachlos den »Mann von Bildong« a –
Ond en Gedanka diaf versonka
Han schweigend i mein Schoppa dronka!

A netter Troscht

»Potz heidenei! Wer wird au greina,
Wenn draußa d' Früahlengssonna scheint,
Ond horch, wia d' Vögela hent älle
Sich zom a Früahkonzert vereint! –
Es hot jetzt lang gnuag g'schneit ond g'regnet,
Ond 's treibt ond blüaht jetzt überal,
Drom, Kend, gib frei da Weg zom Herza
Em erschta Früahlengssonnaschtrahl! – –
Was moinscht, dei Schatz käm nemme wieder,
Er sei der bös für älle Zeit?
Ach was, der wird scho wieder komma,
Komm, lach amol, Kend, ond sei gscheit,
Wer wird au glei a Pfändle macha,
Gang, Maidle, nemms net gar so schwer;
Woischt was, bis sich dei Bua hot bsonna,
Schtreckscht mir derweilscht dei Göschle her!«

Mei Kukuksuhr

Mer hent derhoim a Kukuksuhr,
Vom Schwarzwald droba ronter,
Om dui hot mer beneidet mi,
Au ausglacht scho mitonter!
D'r oi, der moint, so alter Kram
Paß net en heitge Zeita,
Der ander fends poetisch gar,
Ond duat me drom beneida.
I dausch se für koi Schtanduhr ei
Vom mächtigschta Kaliber,
Ond schlächt se wia-n-a Kirchaglock –
Mei Kukuk isch mer lieber! – –
Wie mir hent onser Neschtle baut, –
Wia lang liegt's scho derhenter! –
Do hot 'r 's erschtmol »Kukuk« gschria,
Mir hent ons gfreit wia d' Kender!
Ond wia no onser kloiner Bua
Hot en d'r Wiag drenn g'lega,
Der – hot der Kukuk »Kukuk« gschriea –
Hot gjuchzt ond glacht derwega. –

Ond seit der Zeit, johraus, johrei,
So viel au Johr verflossa,
En Freid ond Leid, mei Kukuk ruaft
Sei »Kukuk« overdrossa!

Ond wia ’s mein Buaba fort en Kriag
Hot mit de andre trieba,
No isch sei Blick, sei letschter Blick
Am Kukuk hanga blieba – –
O Herrgott, wenn de wieder ons
Da Frieda duascht bescheera,
No laß mein Bua, mein oiz’ga Bua
Mein Kukuk wieder hera!

’s Katzamille

Als Bua ben i en Wald oft ganga
Ond han mer äls so Diarla g’fanga,
Blendschleicha, Frösch ond Salamander,
Was kriacht ond hopft so omanander.
Kurz, was halt lebt en Busch ond Gras.
Eiderla, ond Gott woiß no was,
Des älles han e brav mit hoim,
Ond han mit Brettla, Negel, Loim,
Mit Erda, Gras ond Droht dromrom
Mir bäschtelt a »Terrariom«! –
Mei Mueder zwor, des muaß e saga,
Dia hot me manchmol schier verschlaga;

Se hot's halt net präschtiera kenna,
Dia Diarla en dem Käfig drenna,
Weil so-n-a Viechle, wia 's oft goht,
Mir nausgwitscht isch, trotz Gitterdroht,
Ond no vergnüagt ond oscheniert
Isch en d'r Schtub drenn romschpaziert.
No isch se wiadich gwä oft drom
Uf mi ond mei Terrariom. –

Ond wieder ben en Wald i ganga
Ond han mer dort a Pfautzkrott gfanga,
Wia-n-i se gseah han so hocka,
Do bene selber schier verschrocka,
So groß, so raubelich, so schee,
Gibt's sicher bald koi Pfautzkrott meh!
Jedoch mei Mueder, voller Graus,
Schmeißt mi mitsamt der Pfautzkrott naus,
Ond secht, es fliag, wenn hoim i komm,
Uf d' Mischte 's ganz Terrariom!

So schtand e do, 's isch fascht zom flenna,
Mei Pfautzkrott en meim Sackduach drenna,
Ond denk, was soll, 's isch net zom lacha,
I jetzt mit meiner Pfautzkrott macha?
's isch nex, wenn oifach uf d'r Gaß
I so-n-a Diarle schbrenga laß;

O lieber Gott, was fang i a,
Wo duah-n-e denn dui Pfautzkrott na?
Worom leid's d' Mueder net, worom,
D'rhoim en meim Terrariom?

Do sieh-n-e ama Lada dromma,
A Nochberskend zur Dier raus komma,
's kommt uf me zue ond schwätzt ond babbelt,
Ond sieht, wia 's en meim Sackduach krabbelt.
Jetzt frogt 's en sei'm naive Senn:
»Hosch do a Katzamille drenn?«
»Ha jo«, sag i, »komm schtreichel's no,
Des Mille derf d'r gwieß nex do!«
Druf secht's – vor Freid verzwazzelt's schier:
»O schenk des Katzamille mir!«

Weil's gar so bettelt, han deswega,
I net »Noi« zua-n-em saga mega,
Drom sag e: »Do! Doch jetzt muascht schbrenga,
Ond 's tapfer hoim d'r Mame brenga!« –
Ond dua dem Kendle, ois, zwoi, drei,
Dui Pfautzkrott en sei Schirzle nei.
Des druckt sei Schirzle an sich na,
Ond schbrengt, was 's no verschbrenga ka,
Ond isch, vor Fraid wär's gschtolpert schier,
Verschwonda en d'r Ladadier!

Grad will e aus em Schtaub me macha,
Do – liaber Gott, ’s isch net zom lacha! –
Goht d’ Ladadier uf: – Weiber rennet,
Ond schreiet grillet, juchzget, flennet!
D’r Schutzma kommt! Ond irgendwer,
Der allarmiert no d’ Feierwehr!
D’ ganz Schtroßa fillt sich a mit Leit,
Mer frogt ond druckt ond schtoßt ond schreit,
Ond d’ Pfautzkrott hopft verschreckt ond domm
Wia narret en dem Lada rom! – –

A Ma hot mit ’r a Feierzanga
Ond Muat dia Pfautzkrott schliaßlich gfanga,
Ond d’Leit hent d’ Köpf gschtreckt, wia no nia
Ond hent brav glacht ond »hurra« gschria. –
Mir hent dia odankbare Leit
Zom Schluß no mächtig ’s Fell verblait.
Drom han e heit no dia Idee:
I fang ganz gwieß koi Pfautzkrott meh,
Ond schenk au – glaubet ’s mer uf Ehr! –
Nia meh a Katzamille her.

Omzug

Dui Wohnong, wo mer jetzet hent,
Isch z'kloi an älle Eck ond End,
A Johr lang schwätzt mer scho drom rom:
Mer ziaget om, mer ziaget om. –
Ond äls verschiabt mer wieder 's Ziaga;
Mer woiß jo, 's isch grad koi Vergniaga. –

Doch endlich hemmer's brocht so weit,
D'r Hausherr hot sich net grad gfreit, –
Seit mir hent kendicht, guckt der Ma
Ons älle mit koim Aug meh a, –
Mir isch dees wurscht, jedoch mei Alta,
Dui ka ihr Wuat kaum bei sich b'halta,

Jetzt fangt druf's Wohnungssuacha a,
Mei Theres duaht drenn, was se ka,
Trepp uf, Trepp ab, von friah bis schpot,
Uf d' Wohnongsuachete se goht. –
Zom Kocha kommt se bloß no äls,
Oft gibt's bloß Kaffee, Brot ond Gsälz.

Ond so mit ällem Hen ond Her,
Do fallt bekanntlich d' Wahl oft schwer;
Wia oft secht net mei Weib: »Du, Ma,
Dui Wohnong guckscht d'r selber a.« –
Oft mecht em Schtilla i verfluacha!
Des ganze Donnderswohnongssuacha!

Nachdem e scho verzwazzelt schier,
Do hent a Wohnong gfonda mir.
Se isch a bisle deier zwor;
Mei Weib secht freile, 's sei net wohr,
Do sei für d' jetzich 's Geld weggschmissa,
So secht mei Frau, ond dui muaß 's wissa.

Sex Wocha send no zom Quartal,
Ond scho fangt a dia Omzugsqual,
Scho schtandet Kischta en d'r Eck,
Ond iberall send d' Vorhäng weg;
Wenn d' ebbes brauchscht au no so nedich:
»Scho eipackt!« secht mei Alte grätich!

Jetzt endlich kommt der große Dag!
Am sexe, uf da Glockaschlag,
Do schellt 's wia narret, ond fenf Ma,
Dia schtandet vor d'r Diera dra,
Se haltet sich net uf mit Gucka,
Scho fanget a en d' Händ se z' schpucka.

Ond Kischta, Kaschta ond Klavier,
Kommoda, Better, Kucheg'schirr,
Ond Disch ond Schtüal ond Kloiderschränk
(D'r große Schpiegel hot scho d' Kränk)
Ond daused Sacha – net zom saga –
Verschwendet drenn em Möbelwaga.

Ond doch send d' Schtuba no net leer!
Wo kommt denn äll des Zeigs bloß her?
Do sieh-n-e erscht, potz sapperment,
Wia donnderschlächtig reich mir send!
Was hent mir Sacha – net zom saga! –
D' Hälft' ogfähr mecht e zammaschlaga.

Grad kommt 's letscht Schtick en Waga nei
Schtellt au d'r Hausherr scho sich ei:
Dui Scheib, des Schloß, dui Ofadier,
Kaput gmacht häbet älles mir;
Da Herd ond d' Wänd, er dä net schpassa,
Des älles miaß i macha lassa.

Am Ofaschtoi ond am Plafo,
Do seiet ganze Schtick dervo;
Drei Fenschterscheiba seiet he,
Ond Ruaß em Ofa, Herd, Kamee.
Verlora sei d'r Behneschlissel,
A-n-Eck weg von d'r A-B-Schissel!

Mir hot d'r Schädel net schlecht brommt!
I will no seah, was jetzt no kommt!
Des merk e scho, der guate Ma,
Der legt 's uf a Prozeßle a,
Ond i – zu älle Omzugsquala, –
I därf brav zahla, zahla, zahla!

Derweil d'r Hausherr dischkeriert,
Do hent da Waga fort se gfiehrt. –
Grad draged se dia Sacha nei,
Do setzt d'r scheenschte Rega-n-ei!
Und drenn sieht's aus, net zom beschreiba!
Ond i – i muaß do drenna bleiba!

Mei Alta hot a-n-Allmachtswuat,
Denn ach, ihr ällerscheenster Huat, –
Se trecht en bloß em Sonndichs äls, –
Liegt mittla-n-em a Hafa Gsälz;
O Sonndichshiadle! O Plerese!
O armes, armes Weib Therese!

Em Ehrn schtoß i an ebbes a
Ond schlag da langa Weg grad na,
Mei Scheeboi isch glei grea ond blau,
Z'erscht fluach e, ond no guck e gnau:
A Wandbrett isch em Weg drenn glega,
Druf hoißt's: »Halt Ordnung allerwega!«

So noch a Wocha drei bis vier,
Do merkscht vom Omzug nex meh schier.
Mer ruaht von de Schtrapaza-n-aus,
Kurzom: ’s isch wieder Ruah em Haus.
Wenn ’s nägschte mal wird wieder zoga,
Des miaßet ’r mei Theres froga!

D’r Luile

I glaub, em ganza Oberamt
Do isch bekannt gwä ällesamt
   D’r Luile,
Es hot hausiert en Hitz ond Schnee
A Johres vierzge ond no meh
   D’r Luile!

Em siebzger Kriag als ganzer Ma
Do isch brav gschtanda vorna dra
   D’r Luile.
Sein oina Fuaß, sei oina Hand
Hot g’lassa drenn em welscha Land
   D’r Luile.

Ond doch, trotz äller Schicksalsschläg,
Isch froha Muats gwä oinaweg
D'r Luile'!
Ond isch au Hand ond Fuaß von Holz
Sei eisers Kreiz trägt voller Schtolz
D'r Luile!

Fir jederma a freindlichs Wort,
Isch zoga rom von Ort zu Ort
D'r Luile!
Als Ma voll Trei ond Ehrlichkeit,
So isch verehrt gwä weit ond breit
D'r Luile!

Jetz isch sei Lebesrois am End
Ond äll's hot trauert, wer hot kennt
Da Luile.
I schreib em uf sein Grabschtoi na:
Do dronta liegt a-n-Edelma:
D'r Luile.

Schtorcha-Bsuach

»Pscht! Kenderle, jetzt mäuslesschtill,
Der Schtorch fliagt omanander,
Vielleicht brengt 'r a Kendle ons,
Drom schlofet liab mitnander!« –
Se heeret, was d'r Pape secht,
Drei Kendergsichtla schtauna:
»A Kendle ons?« – Ond no goht a,
A Wischbera ond Rauna.
's oi mecht a Brüaderle, a klois,
Mit dicke rote Bäckla,
's zwoit freit sich uf a Schwesterle
Mit lauter blonde Löckla.
's ältscht aber, 's Fritzle, secht bloß leis,
Es ka sei Glück kaum traga:
»A Kendle ons! – o dees wird schee, –
Was wird do d' Mame saga?« – –
A-n-Engel schwebt durch d' Schtuba leis
Uf weiche, sanfte Schwenga, –
Se schlofet, ond er wenkt em Schtorch:
»Jetzt kasch des Kendle brenga!« – –

Kopf hoch!

Wenn ’s dann ond wann au wetterleichtet,
Ond ’s blitzt ond donnert schrecklich drei,
Kopf hoch, au noch em ärgschta Gwitter,
Kommt emmer wieder Sonnaschei! –
So goht ’s au oft em Menschaleba:

Wenn neamerts an a Wetter denkt,
Do blitzt ’s ond kracht ’s, wenn oim der Hemmel
Hot grad no voller Geiga g’hengt.
Leicht isch mer muatlos ond verschrocka
Beim erschta Blitz- ond Donnerschlag;
Doch om so heller scheint no d’ Sonna
Em Menschaherz am andra Dag.
Verdonklet no so schwarze Wolka
Dein Schicksalshemmel, – gib de drei.
Kopf hoch! Au noch em ärgschta Gwitter
Kommt emmer wieder Sonnaschei!

No koi Angscht

D'r Schuaschterhannes ischt a Ma,
Von dem mer net viel saga ka,
Er schafft ond schuaschtert, sell isch wohr,
Doch hockt er au viel Däg em Johr
Em »Lamm«, em »Kreiz«, em »goldna Schtern«,
Kurzom, er sauft a bisle gern.

Da Medich macht 'r emmer blau,
Doch nemmt er's do drenn net so gnau,
's ka Denschtich au ond Mittwoch sei,
Do hockt 'r grad so gern beim Wei.
Als Ausred hot 'r beschtafalls,
Er häb halt so-n-en Duurscht em Hals.

So lebt ond sauft 'r kreizvergniagt,
Bis daß er z'mol a Schlägle kriagt.
D'r Dokter kommt ond guckt-en-a,
No secht 'r: »Hannes, liaber Ma,
Wenn d' jetzt net schteckscht dei Sauf-n-uf,
No garantier e d'r, – gohsch druf!«

»Dei Maga, der isch faschtgar he,
Ond d' Niera, dia send au nex meh,
Dei Herz, mei Liaber, glaub mer 's bloß,
Isch meh als wia om d' Hälfte z' groß,
Ond d'Longa, d' Leber, d' Milz ond 's Bluat,
Kurz, nex meh richtig schaffa duat!«

»Drom schteck m'r uf dei Sauferei,
Sonscht, Alterle, isch bald vorbei!« –
D'r Hannes aber en sei'm Bett
Moint: »So arg isch des Deng no net,
Herr Dokter, i han guate Muat,
Narr, d'Kuttla, d'Kuttla send no guat!«

Em Dampfbad

Em Sommer gang i froh ond monter
Fascht älle Dag en Necker nonter,
Ond do wird badet, ond wird gschwomma,
Ond nochher ebbes zua sich gnomma.
So mach e's, seit e denka ka,
Des tuat mer guat ond schlächt mer a.

Em Wenter, do wird au brav badet,
Weil des em Menscha niemols schadet,
Em Gegatoil, a Bad em Wenter,
Des halt e beinoh no für gsender;
M'r macht's oim heit jo so bequem
Ond mollich warm ond agenehm.

Z'erscht bad' e äls ond tua me donka,
Ond nochher wird a Schoppa dronka,
So han e's Johr ond Daga g'halta,
Ond han me gsond derbei erhalta. –
I han wahrhaftig nex vermißt,
Ond au nex anders denkt ond gwißt.

Wia-n-i amol em »Hecht« be gsessa,
Ond han en Schwartamaga gessa,
Duat oiner wisawi sich setza
Ond fangt au mit mer a glei z'schwätza,
Daß er a Dampfbad gnomma hätt',
Ob i des au scho kenna dät?

Ha noi, sag i ('s isch zwor zom schäma),
I dä gar nia a Dampfbad nemma;
Druf secht 'r, des miaß i probiera,
Des däh mer vierzeah Dag lang schpiera,
Des mach oin jong ond gsond ond schlank,
Mer werd sei Lebadag nia krank.

Ha no – denk i – was soll e saga?
I han zwor grad nex extra's z'klaga,
Gottlob, i han grad koi Beschwerda;
Jedoch a bisle schlanker werda,
Des wär nex Domm's, drom denk e z'mol:
Ha, goscht ens Dampfbad au amol.

Voll Nasaweisheit ond Verlanga
Ben also i ens Dampfbad ganga;
I denk, wenn's nex nutzt, ka's nex schada
Des »russisch-remisch-irisch Bada«,
I will no seha, wia's nochher mir isch,
Ob russisch, remisch oder irisch?

Z'erscht ben en Heißluftraum i ganga,
Ond han au bald a z'schwitza g'fanga;
Z'erscht schtand e, doch i denk: em Sitza,
Do kascht vielleicht no besser schwitza;
I sitz uf d' Bank na – sapperment! –
Was han e me so arg verbrennt!

Ihr liabe Leit, ben i verschrocka!
Do soll der Deifel na sich hocka!
Wird's Michele do mit oim trieba?
Denk i bei mir, ond han me g'rieba, –
Mer isch doch net von Holz ond Schtroh!
An dem Doil iberhaupt ond so!

Der Wärter kommt ond secht: »Zom Schwitza,
Do miaßet Se uf 's Handtuach sitza,
Sonscht deant Se sich jo bees verbrenna,
Dia Bänk send elend hoiß do henna!« –
Des secht mer jetzt der guate Ma,
Jetzt, wo-n-e kaum me sitza ka!

So hock e do, ond schwitz osäglich,
's isch faschtgar nemme guat erträglich,
Scho sag e vor me na verschtohla:
»Der Deifel soll 's ganz Dampfbad hola!« –
Jetzt endlich kommt der Wärter rei,
Ond secht: »So, jetzt kommt Nomro zwei!«

Druf hot er me en Dampfraum gnomma
Ond secht, er däh glei wieder komma.
Ond hoißt me no uf 's neie sitza,
I soll no dapfer weiter schwitza.
Gern hätt' e zua-n-em gsagt: »Was gilt's,
Mi fendescht nemme – i verschmilz!«

Der Mensch ka scheint's, des muaß e saga,
Meh, wia-n-er selber woiß, vertraga:
Heit zoig i no en Blick, en schtolza,
Weil i zom Glück be net verschmolza;
Heit frog e me no dann und wann,
Wia-n-i des iberschtanda han.

Je meh vo mir isch 's Wasser gloffa,
Je meh hot mi a Durscht betroffa:
A Durscht – mei Lebdag, i sag's glassa,
Han 's so weit i net komma lassa! –
Hätt'i jetzt ebbes dronka – no
Hätt 's gradawegs en Zischer do.

Doch, was e jetzt erscht muaß berichta –
(I ka schier nemme weiter dichta!),
Wia-n-i so dampfa dua ond kocha,
Der Wärter, dieser Schendersknocha,
Nemmt der en Schlauch ond schrauft en a, ––
Schpritzt mi mit eiskalts Wasser a!! –

O liaber Gott em Hemmel droba,
Gibt's uf der Welt no so en Globa!
Kennt des oim d' Menschheit wohl verdenka,
Wenn so-n-a Scheusal mer däht henka! –
Der schpritzt – i gilf, daß Gott erbarm –
En Schtrahl, so dick als wia mei Arm!

Mein Zuastand kann e net beschreiba,
Do laß e liaber 's Dichta bleiba,
Denn welltet ihr en Eidruck gwenna,
Miaßt i ganz anderscht dichta kenna,
– Wia soll i saga – liaber Gott,
So wia's d'r Schiller kenna hot.

No soviel will e doch no saga:
Mir hot's da-n-Odem grad verschlaga,
's isch gwä, wia wenn durch Floisch ond Knocha
Mer wird mit daused Nodla gschtocha!
I woiß no, i han denkt: o Graus, –
Jetzt no en Schnapper, – no isch aus!

Doch, liabe Leit, es kommt no härter,
Des Allmachtsmischtviech vom a Wärter,
Nemmt der me no – 's isch kaum zom saga –
(Er hot me beinoh miaßa draga)
Ond schmeißt me, wuppdich, ois, zwoi, drei,
Boms, en a Wann' kalt's Wasser nei!
Do han e zappelt drenn ond pruaschtet,
Ond gauzt ond gschluckt ond gschpuckt und ghuaschtet,
Ond gschnattret han e drenn ond gfrora,
I han mer gsagt: jetz bisch verlora!
Der Schendersknecht, der Siach, der kromm,
Der brengt de om, der brengt de om!

Ond halba he, 's isch gwieß net gloga,
Hot der me aus em Wasser zoga,
Ond legt me na no uf da Schraga,
(Es hätt' me so koi Fuaß meh draga)
Druf langt er en-en Kübel nei,
Ond schmiert me dick mit Schmiersoif ei.

Ja, heilichs, siadichs Donnderwetter!
Dui Sauerei wird emmer netter!
Fangt der – i schäm' me fascht es z' saga –
Ganz regelrecht a, mit z'verschlaga;
Er haut ond schtoßt ond schtupft ond schtemmt
Ond hot me en da Bauch nei klemmt!

Was soll a Mensch jetzt dozua saga!
Muaß i uf meine alta Daga
(I ka's jo beinoh gar net fassa)
Mi en da Bauch nei klemma lassa?
Ond kriag d'rbei no Hieb ond Schteeß!
Ihr liabe Leit, was isch au dees?

Gottlob ond Dank, mit Angscht ond Banga
Ischt au dui Qual voriber ganga,
I ka koin Arm ond Fuaß meh riehra,
Ond dees – dees hoißet d' Leit »massiera«!
»Massiera« hoißet dees dia Leit!
Ob dees net grad zom Hemmel schreit?

No schtellt er onder d' Dusch me nonter,
Ond wäscht mer z'letschta d' Soifa ronter,
Druf hot er dergeschtalt me grieba,
Daß d' Haut ischt schier am Handtuach blieba.
»So!« secht er, »fertig! Wohl bekomm's« –
I sieh no heit mei Gsicht, mei domm's!

Wia mir no hot d' Erlösong gschlaga,
Des isch a G'fiehl gwä, net zom saga,
Em Schädel isch mer's gwä ganz bemisch
Ond halba russisch-irisch-remisch. –
Den, der mer dees empfohla hot,
Den – triff e'n – schlag e halba z'dot!

Gell, vierzeah Dag lang däh mer's schpiera,
Hot der mer gsagt, om mi z'verfiehra?
Recht hot er ghet, der lombich Denger,
Was, vierzeah Dag lang, – no viel länger
Han i's en älle Knocha gschpiert,
So hot der Gottliab mi massiert!

Drei Dag lang ben em Bett i glega,
Ond han me nemme kenna rega,
Mi wondert's bloß, des muaß e saga,
Daß gar nex i dervo han traga, –
Doch schwätzt vom Dampfbad ois en To,
Do werd e bloich ond schwitz e scho.

Dankbarkeit

A Schprichwort secht seit alter Zeit:
»Der Welt Loh ischt Odankbarkeit«,
Daß leider Gott's viel wohr isch dra,
I aus Erfahrong saga ka.
Mir goht's drom wia no viele Leit:
I rechen net uf Dankbarkeit. –

Wenn i will no so ehrlich sei,
No fallet mer net viele ei,
Von dene frei i saga kennt,
Daß se mer dankbar gwesa send.
Doch oi Beweis von Dankbarkeit,
Der hot me diaf em Herza gfreit. –

I kenn a Büeble von der Gaß
Ond han halt an dem Male Gschpaß;
Dem schenk e oft a Kleinigkeit,
Was hot des Bürschle äls a Freid! –
Bei dem isch abrocht, wia bei koim:
Acht Gschwischterla send no derhoim.

Heit kommt der Kloine hoim zu mir
Ond schtoht verlega-n-an der Dier,
Gibt mir a Bätschle, secht Griaß Gott,
Ond dreht sei Käpple ond wird rot,
Druckt mir a Schächtele en d' Händ:
»Do breng e ebbes fir dei Kend!« – –

Wia-n-i des Schächtele mach uf,
A bisle Gras liegt oba druf,
En Maiakäfer, der zwor dot,
Er schee derzwischa nei glegt hot,
Ond onta nonter, ganz verschteckt,
Do hot er no drei Schteiniß glegt! – –

Jetzt saget selber, liabe Leit:
Isch dees net wirklich Dankbarkeit,
Wenn so a Kend es fertig brengt
Ond oim sein ganza Reichtom schenkt? –
Mir hot dees anderscht emponiert,
Als wenn a Groß sich »rewaschiert«!

D' Schnokajagd

Was kennet doch dia Donndersschnoka
Ons arme Menschakender ploga,
Was ploga – zur Verzweiflong brenga!
– I ka dervo a Liedle senga –
Wenn so-n-a elends Lombadier
Hot grad a b'sondra Freid an dir.

So isch mer 's au do neilich ganga,
Grad han e a zom Schlofa gfanga,
Behaglich ben em Bett i glega,
Ond duah da erschta Ascht versäga, –
Uf oimol sssss – i kenn des Gsomm!
Danzt mir a Schnok om d' Nasa rom.

Wenn d' net a Haut hosch grad wia d' Goga,
No muescht Reschpekt han vor de Schnoka,
I wenigstens ka 's net verhehla,
Mi deant dia Viecher elend quäla;
I gang, kommt oina mir en d' Quer,
Glei wia d'r Blitz d'rhenter her!

Jetzt heer e se am Ohr rom fliaga,
Wart no, denk i, di will i kriaga,
Dir will i d'Freid an mir verderba,
Wann d'nahockscht, Luader, no muescht schterba!
Se hockt, – i hau, so schnell e ka,
Wia narret mir an Backa na!

D' Schnok aber heer e weiter geiga;
Do will mer scho a Wuat ufschteiga;
No, denke, muescht halt Licht azenda,
Em Donkla kasch se doch net fenda,
Lang noch d'r Zendholzschachtel nom,
Boms, fliagt mei ganz Glas Wasser om!

Mei Uhr, dia schwemmt em Wasser drenna;
I han 's schier net verwarta kenna,
Bis i des Schächtele han gfonda;
's erscht Schwefele hot gar net zonda,
's zwoit schpritzt, potz Schtuegert sapperment,
Ond hot mer d' Fenger bees verbrennt.

Do soll a Mensch sei Ruah bewahra!
Jetzt nex, wia aus em Bett rausgfahra,
Dem Sauviech noch, wia 's Donnderwetter,
Jetzt muaß se her! Dees wär no netter! –
Ond schlag mei Kneedle, was e ka,
Ans Eck vom Bettladpfoschta na!

Den Schmerza will e gar koim Menscha,
No net amol meim Dodfeind wenscha,
Mir isch d'r Odem schier verganga,
D'r Gugug hol 's ganz Schnokafanga! –
Aha, i glaub, jetzt hockt se na!
Wart, Schenderluader, jetzt kommscht dra!

I batsch an d' Wand na donndermäßig,
Do werd em Gsicht i bloich ond käsig,
Mei Hand, dia feiert, 's Bluat isch gloffa:
I han direkt en Nagel droffa,
En Nagel, den i, meiner Seel,
Fir d' Schnok han g'halta – i Kameel!

Des Luader aber surrt ganz heiter
Ond seelafroh durch d' Schtuba weiter,
Mir aber, mir isch d' Luscht verganga,
Jetzt soll d'r Deifel Schnoka fanga!
I mach mer liaber en Verband
Oms Kneedle, d' Fenger ond om d' Hand!

O Leit, was isch en solche Laga
A Schnaps so guet – 's isch net zom saga! –
Es kennt, i glaub, i mecht druf wetta,
A Kirschagoist mir 's Leba retta!
Domit e gwieß nex drag d'rvo,
Han zwoimol i »Gott segne's« do.

Des Schnokaviech, des fliagt ganz monter
Frech rom und nom ond ruf ond ronter,
I denk bei mir wia ’s Goldschmieds Bua,
Ond will grad uf mei Bettlad zua, –
Trett i mer no, o mei, o mei,
En Schpreißa grad en d’ Fuaßsohl nei!

Jetzt miaßet er net selber saga:
Ka’s Oglick oin no ärger schlaga? –
Ond wia-n-e be em Bett drenn glega,
Hätt e am liabschta heula mega,
Ond bettet han e: »Liaber Gott,
Schlag du doch älle Schnoka z’dot!«

Am andra Morga no, o Schrecka,
Was muaß em Schpiegel i entdecka:
Mei Nas isch wia-n-a Sellreknolla
Ond boide Auga dick verschwolla!
’s ischt guet, daß i koi Weib han no,
Sonscht däht’s no hoißa, dui häb ’s do!

Hoimkehr

Als jonga Burscht hot ’s mi en d’ Welt
Wia viele andre trieba,
Und viele lange Johr ben i
Fort en d’r Fremde blieba. –
Oft hot me ’s Heimweh mächtig packt
En manche bittre Schtonda,

Doch leider Gottes han e halt
Da Hoimweg nemme gfonda! –
Doch endlich isch mei Herzenswonsch
Doch en Erfüllong ganga;
Jetzt fremde Länder, lebet wohl,
Mi deant ’r nemme fanga! –
Uf! nex als wia d’r Hoimet zua!
Mei Herz will schier verschprenga;
Vor lauter Glück ond lauter Freid
Mecht i en d’ Welt naus senga!
Ond wia d’r Zug mi hoimwärts trächt,
No heer i z’mol em Waga,
Wia statt dem lompicha »bon jour«
Sich d’ Leit »Grüß Gott« deant saga!
Wia Engelsmusik han den Gruaß
Em Herza i empfonda,
Secht er mer doch: Jetzt hoscht dei Ziel,
Dei Hoimet wieder gfonda!

D' Babett

D' Babett isch uf d'r Kirbe gwä,
Ihr Herrschaft hot 'r Urlaub gä.
Zwoi Dag lang Kirbe, liabe Zeit,
Was hot mer do net Gschpaß ond Freid! ––
»So, Babett, bisch jetzt wieder do!«
D' Frau Rat secht freindlich zue-n-er no,
»Hosch uf d'r Kirbe g'het viel Freid?
Wia gohts derhoimda deine Leit?
Hent'r fescht Kirbekuacha bacha?«
So frogt d' Frau Rat se lauter Sacha!
Drom fangt se glei z'verzähla-n-a
Ond schwätzt, was se no woiß ond ka,
Vom arga gueta Kirbekuacha,
– D' Frau Rat miaß au d'rvo versuacha, –
D' fettscht' Sau, dia häb d'r Vatter gschlacht't
Ond Schonka, Schpeck ond Würscht draus gmacht
's scheenscht aber – d' Babett schtrahlt do ganz –
Sei eba doch d'r Kirbedanz.
Se häb, wia koina meh em Flecka,
D' ganz Nacht danzt, wia d'r Lomp am Schtecka. –
»Was, danzt? Do mueß jo i mi schäma«,
Läßt sich do d'r Herr Rat vernehma:
»Potz Bluescht, denn danza kann i net,

Do kascht du meh wia-n-i, Babett!« –
Do fangt dui Babett z' lacha-n-a
Ond secht: »Isch wohr? – Jetz, do guck na,
Do goht's jo Ehne wia meim Bruader,
Descht grad au so a saudomm's Luader!«

D'r Schwerarbeiter

Der Hannes, 's isch koi gueter, der
Nemmt 's Leba net so bsonder schwer,
Er mag da Moscht, er mag da Wei,
Ond läßt gern d' Arbet Arbet sei. –
Do neilich lauft er mer en d' Händ,
I han a beinoh nemme kennt!
Drom sag e: »Hannes, schwätz doch bloß,
Mit dir, do isch scheints ebbes los,
Du siehscht, i sag der's offa raus,
Jo grad wia 's leibhaft Elend aus!« –
»Koi Wonder«, secht der Hannes, – »bacht,
Wann d' schaffscht vom Morgeds bis en d' Nacht!
Koi Middagsruah! koi Veschperpaus!
No isch koi Wonder, siehscht so aus!
Au Sonndichs han e oft koi Ruah,
Zom schlofa komm e kaum derzua!« ––
»Potz Donnder, sag i ganz perplex,
Descht freile fir en Menscha nex,

Sei Ruah, dia braucht der Mensch, wia 's Brot,
Sonscht leidet freile d' Gsondheit not.«
»Ja Hannes«, sag i zua-n-em, »heer,
Jetzt sag bloß, schaffscht scho lang so schwer?
Seit wann hoscht denn den Poschta scho,
Wo d' muascht so harta Arbet do?«
Do kommt 'r en d' Verlegaheit,
Ond guckt schleabs ond verdruckt uf d' Seit,
Ond secht so kloilaut wia-n-er ka:
»Ha, ibermorga fang e a!«

Truppaschau

Es schpielet Kender uf der Gaß
Ond deant brav exerziera,
Mit Fahna, Säbel, Helm ond Gwehr
Sieht mer se rom marschiera.
Uf oimol schreit a kloiner Knirps,
– Ond regt sich uf net wenig –
»Jetzt gucket no, do honta kommt,
Wahrhaftig onser Kenig!« –
D'r »Hauptma« hot sich z' erschta gfaßt,
Er hat sei Sach verschtanda,
Ond kommandiert mit heller Schtemm,
Laut: »Achtong! Schtill geschtanda!«
D'r Kenig kommt scho näher her,
Da schallt gar schneidig wieder
's Kommando: »Präsentiert 's Gewehr«,
Ond d' Fahna senkt sich nieder. ––
Ond onser Kenig ziagt sein Huat,
– I han bloß gucka miaßa –
So diaf, – sei Olgaregiment
Kann er net scheener griaßa!

D’r Leichaschmaus

Em Frieder isch sei Kätter gschtorba, –
Es hot em net grad viel verdorba,
Se isch a Ripp gwä obaraus
Ond hot ’n plogt johrei, johraus. –
Jetzt ische dot, Gott häb se seelich,
D’r Frieder tröschtat sich allmählich.
Ond bis beinand send älle gwä,
Do hot’s brav Wei ond Kuacha gä. –
Ond emmer mehner Leit send komma
Ond hent halt mächtig »Atoil« gnomma,
Ond hent ihr Glas, wia sich ’s so ghert,
»Uf ’s Wohl« der dota Kätter g’leert!
Drom duat net oiner sich beklaga,
Wie z’mol läßt der Herr Pfarrer saga,
D’ Leich sei om sexe schtatt om drei,
Weil drengend er verhendert sei.
Do isch nex anders ibrich blieba,
Als daß se sich hent d’ Zeit vertrieba,
Descht net grad schwer, ’s isch Wei em Haus
Ond sonstich Sach zom Leichaschmaus.
Je meh se rota Meckel kriega,
Je greeßer worda-n-isch ’s Vergniaga,
So daß se z’letschta gsonga hent,
Ond schliaßlich au no danzt am End.

Dia Baura deant bei sotte Sacha
Sich net grad viel Gedanka macha.
Ond wia 's hot nex meh z'drenka gä,
No isch au Zeit fir d' Leich grad gwä. –
A Prachtsred hot der Pfarrer ghalta,
Da Frieder hot em Aug er bhalta,
Er hot vom Danz scho ebbes gheert,
Ond hot sich drieber arg empeert. –
Ond wia se nochher hoim send ganga,
No hot er dovo a glei gfanga;
»Isch wohr, du Frieder, – sag 's no raus,
Hent danzt ihr heit beim Leichaschmaus?«
»A bisle«, secht der Frieder trocka,
D'r Pfarrer, der isch ganz verschrocka,
Ond secht zom Frieder ganz entsetzt:
»No sag mer bloß des oine jetzt,
A Leich liegt en d'r Schtuba drenna,
Ond ihr, ihr hent do danza kenna!
I hätt's net glaubt, bei meiner Ehr,
Daß so was no au möglich wär.« –
Druf secht der Frieder obefanga:
»Ha, z'erscht isch freile net guet ganga,
Z'erscht hot 's am Platz a bisle gfehlt,
Bis mer da Sarg vor d' Dier hent gschtellt!«

Pech

D'r Karle ond d'r Fritz, sei Brueder,
Send älle boide Schenderlueder,
Was dia net älles schtellet a,
Des goht net uf a Kuahhaut na.
Was isch dia Mueder äls so froh,
Wenn glücklich isch d'r Obed do,
Send dia em Nescht, ond d' Dier isch zua,
No hot dia guet Frau au ihr Ruah. –

Wia älle Dag, so heit au wieder,
Do hent d'r Karle ond d'r Frieder
Vom friaha Morga bis en d'Nacht
Nex äls wia Lombereia g'macht;
Jetzt lieget se zelband em Bett,
Doch Ruah gibt's oinaweg no net,
Se wuahlet, trotzdem 's Grabesnacht,
Em Bett rom daß d' ganz Bettlad kracht.
Soviel en d' Mueder au duat wehra,
Dia Donndersbuaba net druf hera;
Jetzt rueft se von d'r Schtuba rei:
»Wenn 's jetzt koi Ruah gibt, – komm e nei!«
Doch 's batt a-n-Augablickle bloß,
Drom fahrt se nei, reißt d' Decke los
Und haut dem oina voller Groll
Em Donkla fescht da Bobbes voll!

D'r Karle, (der isch vorna g'lega
Ond hot dia Prügel g'faßt derwega),
Hot z'erscht a bisle g'heilt ond g'murrt,
Doch schliaßlich send se bald versurrt. –
Wer moint, 's häb Ruah jetz gä em Bett,
Der kennt dia zwoi Hallonka net;
Denn fenf Minuta dauert's bloß,
Goht d' Sauerei uf 's neie los.

D'r Mueder, weil se 's gar z' bont trieba,
Isch gar nex anders ibrich blieba:
Se packt da Vorderscht wiederom,
Ond dreht en ganz energisch rom.
Nadierlich sieht se wieder net,
Wen se hot en d'r Mached g'het:
D'r Karle, weil der vorna liegt,
Hot au de zwoit Tracht Prügel kriagt.

Doch kaum isch d' Mueder aus d'r Diera,
Heert mer da Karle lamentiera:
»So, 's nägschte Mol kommsch du jetzt dra,
Weg do, jetzt lieg i henta na!
Kommt d' Mueder schliaßlich nomol rei,
Muß 's dritt Mol net i wieder sei,
Der d' Hieb kriagt, – weg, jetzt isch mer's z'domm!«
Ond krappselt schleinigst henta nom.

Scheints kennet se net garantiera,
Daß se koin Lärm jetzt me verfihra,
Sonscht briechtet dia zwoi Burscht em Bett,
Doch gwieß den Schtellongswechsel net. –
Ond richtig, 's goht a Weile bloß,
Goht d' Kugelfuhr uf 's neie los!
Ond d' Mueder denkt, 's wird 's beschte sei,
I nemm da Batscher jetzt mit rei.

Scho will se noch em erschta langa,
Denkt se: Der hot scho zwoimol g'fanga,
Jetzt kommt d'r hentere an d' Roi.
»Komm, Male, 's nutzt de nex dei G'schroi« –
Ond haut da Karle, o Maleer,
Zom dritta Mol barbarisch her.
Se legt da Batscher aus d'r Hand,
Jetzt endlich, jetzt isch Ruah em Land! –

Ja Karle, des send domme Sacha,
Doch wirscht no oft d' Erfahrong macha:
Der oi hot Glück sei Lebatag
En äll ond jeder Lebenslag,
Em oina, was er treibt ond duat,
Moit 's Schicksal ällaweil halt guet,
Ond fir da ander, overwandt,
Hot 's bloß da Batscher en d'r Hand!

Worom i koi Mohraköpfle mag

I sieh ond hör scho em Goischt, wia beim Lesa von dera Überschrift d' Leit da Kopf schiddlet ond saget: »Heidichsdags vom a Mohraköpfle bloß z' schwätzet, isch eigentlich a Niederträchtigkeit sondersgleicha. Ond von wega »net mega« – descht jo ausgschlossa, – so en Haidackel gibt's doch gar net, der a »Mohraköpfle« net mag. A Mohraköpfle, des vor lauter Schoklad glitzert ond fonkelt, brau ond appetitlich, wo rengsum der Schlagrahm rausguckt, daß oim 's Wasser em Maul zammalauft, wemmer's bloß sieht? – Ond doch ischs so! – Wenn bei der nägschta Brotkarta-n-Ausgab Märkla fir Mohrakepfla vertoilt werda dähtet, – dia kennt han, von mir aus, wer wett. I däht's net fir mi verbraucha! –

Freile hot's au amol a Zeit gä, wo i a Mohraköpfle fir de gröscht Kulturerrongaschaft ghalta han. Domols hätt e, wia d'r guat alt Esau, mei Erschtgeburt ohne Bsenna, net grad om a Lensagricht, – denn Lensa han e no nia mega, – aber om a Mohraköpfle eidauscht, – wenn e net ausgrechnet d'r Neschtkegel en d'r Familie gwä wär. –

Wia der Mensch so weit komma ka, daß er trotz-

dem koi Mohraköpfle meh mag, des will e Eich jetzt verzehla. – Also heret amol:
Der Becka-Schleicher uf em Marktplatz, – de jenger Generazioh kennt des guete, alte Gschäft jo nemme, der hot so en de achzger Johre Mohreköpfla bacha, wia-n-i meiner Lebdag seiterher koine meh g'sea han. Heidichsdags send kaum meh d' Kipflaible fir zeha Pfenneng so groß, wia selbichsmol em Becka-Schleicher seine Mohraköpfla firs gleiche Geld. Ond älle Dag hot der oi Beig om de ander dervo ens Schaufenschter gschtellt, daß mer hot moina kenna, halb Schtuegert däh sich bloß no von Mohraköpfla ernähra. – Kurz ond guat, i hätt halt fir mei Leba gern au amol so a Mohraköpfle ghet. – Zu meiner Zeit, wia i no Bua gwä ben, isch »'s Geld verschlecka« no net so Mode gwä, wia schpäter. I glaub, mei Mueder, a Frau no vom gueta alta Schlag, hätts fir de acht Dodsend ghalta, wenn oiner von ihre Bueba amol uf dia Idee komme wär, a Zehnerle z' verschlecket. Net daß mir Buebe d'rhoim net au ebbes z' schlecket kriagt hettet; o noi, mei Mueder hot ällemol Kuecha bacha, wia d'Wagaräder; aber du liaber Gott, a Schtick Zwetschgaoder Äpfelkuecha ischt eba koi Mohraköpfle.
Wia-n-i no amol von era Nochbere fir an Ausgängle a Zehnerle g'schenkt kriagt han, no isch

bei mir d'r Entschluß onomschtößlich fescht-gsessa, daß des Zehnerle zom a Mohraköpfle wird. – I han nemme ruhig gschlofa, net alloi vor Gluschta uf des Mohraköpfle, sondern au vor Angscht vor de eventuelle Folga, wenn die guet Mueder durch Zuefall erfahra däht, uf was fir Abweg ihr Jengschter grote-n-ischt. – I han Dag ond Nacht überlegt, wia-n-i dia Gschicht fir mi am sicherschta deixel, ond 's Resultat von der aschtrengenda Gedankaarbeit isch gwä, daß i mi mei'm beschta Freind, em Karle Buck, avertraut han. Des ischt a Kerle gwä, wia-n-i han braucha kenna. Mir zwoi hent oft g'schpielt mitenander, »g'schpielt«, daß d' Nochberschaft em wei-teschta Omkrois fir de nägschte acht Dag mit am ausgiebichschta Gschprächsthema versorgt gwä ischt. – »Also Karle«, han e gsagt, »du derfscht au amol beißa, wenn d' mer du beim Becka-Schleicher a Mohraköpfle rausholscht, – i wart' vor am Lada.« – D'r Karle hot jo von jeher allgemei da Ruaf vom a g'fällicha Biable g'nossa, aber so bereitwillig han en sogar i, als sei beschter Freind, no nia g'fonda, als wia für den Uftrag. –
Nex wia nonder uf da Marktplatz! – I be heit no der Iberzeigong, daß der Becka-Schleicher no gar nia so scheene ond so große Mohraköpfla

ausg'schtellt ghet hot, wia grad an sellem Dag. – Also do, sag e, Karle, hoscht zeha Pfenneng, – i wart vor der Dier. – Kaum isch mei gueter Karle drenna, ond i han mer grad am Schaufenschter d' Nase platt druckt, om z' beobachta, ob dia Verkaifere au 's »ällergreeschte« von der Beig ronter langt, uf oimol legt sich mir a Hand uf d' Axel, ond wia-n-e me rom dreh, – i han gmoint, der Blitz häb me droffa, schtoht mei Mueder henter mer ond frogt me mit der freindlichschte Miene von der Welt: »Was machscht denn do, Ottole?« – Wenn mei Mueder ällemol a Gsicht gmacht hot, wia wenn se me het fressa wella, ond gschempft hot bis dort naus, wenn e ebbes bosget han, han e jo gwieß Angscht ond Schrecka gnuag ausgschtanda. – Wia se aber jetzt so vor mer gschtanda ischt ond mi so ganz ruhig ond freindlich frogt ond au no »Ottole« secht, – do isch mer's Bluat schtill gschtanda. – I be, offa gschtanda, scho als Bua koi Freind vom Lüega gwä, ond manche wohlverdeante Dracht Prügel isch mer scho gschenkt worda, weil e irgend a Jaunerei offa-n-ond ehrlich eibschtanda han, aber daß i en dem Moment mit ema kuderrote Köpfle a Luage rausgackst han, – do drieber schäm e me heit no net. »Der Karle kauft sich a Mohraköpfle,« han e meiner Mue-

der zur Antwort gä, – meiner Mueder, dia scho gmerkt hot, daß oiner lüega will, bevor er no 's Maul ufdo hot. –
En dem Moment kommt mei Karle mit dem Mohraköpfle uf der Hand, ond trotzdem i mit em ganza Gsicht blenzelt han, schtreckt mir der Allmachtslalle, der siadich, des Mohraköpfle na ond secht: »Do!« – Nadierlich hot mei Mueder em nägschta Augablick scho raus g'het, daß des Mohraköpfle net em Karle, sondern mir g'hert, ond daß i 's Geld derfür her gä han. –
Was soll e no viel saga? Mei Mueder nemmt en äller Seelaruha des Mohraköpfle ond gibt's mei'm Freind Karle. »Do Karle«, secht se, »laß d'r 's schmecka.« Und no nemmt se ihr »Ottole« an d' Hand ond hoim goht's ens deire Vatterhaus! Was derhoimda no vorganga-n-ischt, des hot, wenigschtens von mir, bis heidichsdags no koi Mensch erfahra, – ond Eich verrote 's au net. – I han 's iberschtanda ond iberwonda. Aber daß me der Karle Buck, mei Freind, der Malefizlombabua, der liadrich, von do a, wo-n-er me gseah hot, g'frogt hot: »Ottole, (Ottole hot er au no gsagt!), wann soll i d'r wieder a mol a Mohreköpfle hola?« do han e lang ond schwer dra draga. – Glaubet er's jetzt, daß i koi Mohraköpfle meh mag?

Ond doch!

Was hemmer doch, Ihr liabe Leit,
A schwera Zeit, a herba Zeit,
Ond 's Leba-n-ischt, – i sag net z'viel,
Grad älles, blooß koi Kenderschpiel. –
's ischt wohr bei Gott,
Mr hot sei Not,
Ond duat heit schwer om's ehrlich Brot,
Ond d' Sorga gucket, 's ischt a Graus,
Aus älle Eck ond Wenkel raus.

's ischt hemmeltraurig aber wohr,
's hangt onser Zuakonft am a Hoor,
Ond kois woiß, was dr Morga brengt,
Ob's Schicksal ons voll niederzwengt.
Mr wisset blooß,
Daß d' Gfohr ischt groß,
Ond daß gar traurig onser Los,
So daß oin d' Angscht schier übermannt
Om onser armes Vatterland.

Ond doch, ond doch, wenn jeder schafft
Am groBa Ziel mit ganzer Kraft,
Der mit'm Kopf, der mit dr Hand,
Ond emmer Ordnung herrscht em Land, –

No kommt dr Dag,
Wo's hoißa mag:
Verwonda isch der herbe Schlag,
Wo onser Volk aus Qual ond Not
Alloi da-n-Ausweg gfonda hot.

Em Schicksal z' Trotz da Kopf en d' Höh,
Ond wenn dr's schwer fallt, beiß auf d' Zäh,
Ond pack's, wia's kommt ond laß net luck,
No hot's a-n-Art, no duat's en Ruck. –
Drom frischa Muat,
's goht älles guat,
Wenn Herr ond Knecht brav 's Seine duat,
Ond schliaßlich isch, trotz ällem jo,
Dr Herrgott droba au no do.

Was mr braucht om glücklich z'sei

D' Gsondheit z'erscht ond guata Muat,
Friedlich's Gmüat ond ruhig's Bluat,
Daß d'net über älles brommscht,
Ond glei aus'm Häusle kommscht. –
No, a bisle Witz ond Goischt,
Denn dees braucht mr z'ällermoischt,
Sonscht ka's sei, 's ganz Publikom
Danzt dr uf dr Nasa rom.

Fraid am G'schäft so viel da zwengscht,
Weil de sonscht om's beschte brengscht,
Ond, wenn d'ällweil müaßig gohscht,
Au koin Feierobed hoscht. –
Fraid am Leba, an dr Welt,
Ond net moina, 's lompich Geld
Breng alloi da Sonnaschei,
Ond roich aus, om glücklich z'sei.

Liab zur Konscht, en jeder G'tschalt,
Moi was dees dr Zensa zahlt,
Ond vor ällem, zur Natur.
Draus en Wald ond Feld ond Flur. –
Aber, 's wichtigscht, merk dr's fei,
Muascht fei au a Kerle sei,

Wenn dr's Schicksal fescht ond laut
Oimol ois an d' Ohra haut.
Wer fei so durch's Leba goht,
Liabe zu de Menscha hot,
Dem schtrahlt's Glück wia Sonnaschei,
Hell zom Fenschterlada rei. –
So, do hent'r mei Rezept.
Glaubet mr's, wer donoch lebt,
Wird erscht recht sei's Lebes froh,
Ond macht andere glücklich no.

Dr erscht Schualgang

Komm Buale, nemm Dein Ranza,
Hörsch, wia's grad halber schlächt,
Derweilsch mach i Dr dapfer
Dei Veschperle no z'recht. –
Do guck, mit Gsälz ond Butter
Schtreich i Dr heit Dei Brot,
Von Deine Kamerädle
Gwies kois a feiner's hot. –
Ond während d' Muader sorglich
Dees Veschperbrötle schtreicht,
Dees Male ernscht ond kloilaut
Scheu omanander schleicht. –
Wia isch doch gerscht sei Göschle

No gloffa – wia-a-Schpual,
Vor Schtolz, weil'r heit morga
Goht 's erschte mol en d'Schual. –
Jetzt aber sieht mer's deitlich
Seim Buabagsichtle a,
Er merkt, dr Ernscht des Lebens
Tritt sachte an-en-na;
Mer moint, er däh's scho merka,
Wär's obewußt au blos,
Er kriagt den Pack vom Buckel
Sei Lebdag nemme los. – –
Jetz trottlet se zelbander
Da Schualweg Hand en Hand,
Verlega schwätzet boide
Koi Wörtle mitanand. –
Se schpürt sei Herzle klopfa,
Wia se so nebr'm goht,
Ond sieht au, daß'm 's Wasser
Dick en de Auga schtoht. ––
Jetzt sitzt'r en seim Bänkle,
Hot's Herzle voll ond schwer,
Ond hotblooß oin Wonsch: Wenn'r
Derhoimda wieder wär! –
I glaub, dr Muader selber
Goht's grad so, wia dem Kend,
Denn uf'm Hoimweg hot se
Brav au a bisle g'flennt.

Schee isch . . .

Schee isch am a Sommerobed
En-r-a Goisblattlaube drenn,
Wenn am Hemmel d' Schternla fonklet,
Wia wird's oim do froh em Senn. –
Hört mr d' Nachtigalla schlaga
Leis her vom Gebüsch am See,
Ond a Falter sommst om d' Ampel, –
O wia isch dees wonderschee!

Schee isch, schtoht no en der Laube
Mittla drenn a ronder Tisch,
Ond 's schtoht uf dem Tisch a Fläschle
Voll mit Wei, recht kellerfrisch;
Wenn's derzua noch Rosa duftet,
Jasmin ond noch frischem Klee,
Ond Glüahwürmla gautschet ommer' –
O wia isch dees wonderschee!

Schee isch, wenn a herzig's Mädle
Bei oim en der Laube sitzt,
Ond'm d' Luscht und d' Fraid am Leba
Schelmisch aus de Auga blitzt: –

Hosch's gar fescht en d' Ärm nei g'schlossa,
Ond 's will Küssla, äls no meh,
No hörsch kaum meh d' Nachtigalla,
Kender, deescht no meh wia schee!

D'r Karragaul

En d'r Kanzlei d'r Herr Kanzlischt
Sitzt neber em Herr Konzipischt,
Mit sich'rer Aussicht uf Pensio,
I glaub a Johres vierzge scho;
Se deant brav schreiba, weiter nex,
Von acht bis zwölf ond zwoi bis sex.

Koi Lüftle ond koi Sonneschtrahl
Kommt's Johr durch en dees Amtslokal, –
Dees Düftle, dees dren herrscht, – i glaub,
Kommt net alloi vom Aktaschtaub,
Kurzom, was Wonder's, daß dia zwoi,
Send z'sämma g'schnurrt zu Haut ond Boi.

So kritzlet se da ganza Dag,
Ond penktlich mit'm Glockaschlag,
Do leget se da Halter na,
Ond ziaget andre Kittel a, –
So schlupfet se johraus, johrei,
Vom oin en andra Kittel nei.

Do neilich machet boid a Paus,
Ond gucket g'schwend zom Fenschter naus,
Weil grad a Gaul sei schwera Lascht,
(Er ka se net verzwenga fascht
Trotz Gschroi ond Gschempf ond Knallerei)
Da Berg ruf schleppt am Haus vorbei.

»Was so-n-a Gaul z'bedaura-n-ischt«,
Moit mitleidsvoll d'r Herr Kanzlischt,
»Muaß ziaga oder halta schtill,
Grad wia's d'r Fuhrknecht eba will,
Von dem 'r nex wia Hieb verdwischt,
Was hent mir's guat, Herr Konzipischt!«

Boms, d' Dier fliagt uf, – en's Zemmer tritt
D'r Herr Kanzleidirektor Schmidt, –
Z'mol boide, 's ischt koi Katz so gschwend,
Uf ihre Drehböck droba send!
Se fanget hurtig z'kritzla-n-a,
Ond machet kromme Bückel na.

Ond wia-n-r wieder drussa-n-ischt,
Sich jeder d' Schtirna dupft ond wischt, –
D'r oi schwitzt warm, dr ander kalt,
Ond erscht, wia drieba d' Diera knallt,
No duschlet leis beim Schreiba boid,
Was dä en doch der Gaul so loid! . . .

Wenn i no oimal käm uf d' Welt,
Ond 's wär mr frei zom wähla g'schtellt,
Was i für deesmol werda sott,
No dät e bitta: Liaber Gott,
Rei älles, – blooß koi Konzipischt,
Koi Karragaul ond koi Kanzlischt!!!

Wahrscheinlich

’s hot neilich d’r Herr Lehrer Held
De Kender d’ biblisch G’schicht verzählt,
Do passet älle mächtig uf,
Vom letschta bis zom erschta nuf;
Se sitzet artig en der Bank,
Mit Äugle, groß ond blitzeblank.

Jetzt isch’r grad beim Paradies,
Ond wia-n-r kommt an Äpfelbiß,
No frogt’r, wia dees möglich sei,
Daß bei der Äpfelmampferei,
Der liabe Gott, trotz äller Lischt,
So schnell derhenter komma-n-ischt?

Z’erscht gucket älle rotlos drei,
Ond koim fallt au a-n-Antwort ei,
Bis z’mol der Kloinscht sich schüchtern regt,
Ond ’s Fengerle en d’ Höh nuf schtreckt:
»Wahrscheinlich weil dr liabe Gott
Da Äpfelbutza g’fonda hot!«

No net hudla!

A jeder ächte, rechte Ma,
Schafft sich bei Zeit en Wahlspruch a,
Noch dem'r handelt, schafft ond sennt,
Bis an sei seligs Lebesend. –
»Kraftschprüch« am moischta send em Schwong,
Voll Feier ond Begoischterong; –
I aber kehr me do net dra,
Ond pack's am andra Zipfel a, –
Was mir hot Ziel ond Richtong gä
Em Leba, – isch mei Wahlschpruch gwä:
No net hudla!

Ihr lachet, Leit, doch 's isch a so,
Ond heitig's Dag's no ben e froh,
Daß i mr scho als jonger Mann
Dees Wort zom Wahlschpruch gnomma han. –
Des hot mr viel Verdruß verschpart,
Ond mi vor manchem Schtroich bewahrt;
Wohl hondertdutzed mol ond meh,
Wenn e scho druf ond dra gwä be,
Han i den Schpruch vor Auga ghet,
Ond han mr g'sagt: Dua schtät, dua schtät –
No net hudla!

Für manch'n wär's bei Gott a Glück,
Wenn'r em rechta-n-Augablick,
Solang's no Zeit, bevor's net z'schpät,
Sich an den Wahlschpruch halta dät. –
Zom Beischpiel bei d'r Freierei,
Do dät's oft not, potz heidenei,
No wär oft 's Weib ond oft d'r Ma,
Ond öfter boide besser dra. –
A Sega wär's uf jeda Fall,
Schtänd groß am Schtandesamtsportal:
No net hudla!

O Leitla, glaubet an mein Rot,
Wer woiß, wia's eich em Leba goht,
Ond ob'r schliaßlich net am End,
Amol, wia-n-i, so froh dra send. –
Erscht wäg's, ond überleg dr's guat,
No wog's, ond pack's mit Muat ond Gluat,
Ond denk, was heit net werda mag,
Dofür isch morga no a Dag, –
Mir ka mr saga, was mr will, –
Wer sachte fahrt, kommt au an's Ziel, –
No net hudla!

De heitig Zeit

No oimol, wenn dia Zeita wieder kämtet,
Wo jeder noch sei'm Wert no golta hot,
Wo ois em andra, ohne lang sich z'bsenna,
Mit Rat ond Tat hot g'holfa en d'r Not;
Wo d' Leit en Loid ond Fraid send z'samma
g'schtanda
's oi mit'm andra trauert hot ond g'lacht! –
Heit ka d'r Nägschte schterba-n-ond verderba –
Was hot doch d' Habgier aus de Menscha g'macht!

Sellmols isch au Verlaß no gwä uf d' Menscha,
A Manneswort hot golta, wia-n-a Oid,
Heit aber, trotz Notär ond Advokata,
Lauft d' Lomperei uf Schtelza krottabroit. –
Goht heit dr Nochber z'Grond samt Weib ond
Kender
Moi, wia d'r ander sich en's Fäuschtle lacht –
Wenn's net ganz langt, no hilft'r no a bisle. –
Was hot doch d' Habgier aus de Menscha g'macht!

Heit, wo mr naguckt, schtielt d'r oi em andra,
Mit kaltem Bluat 's letscht Geldle aus'm Sack,
Ond wer no ehrlich, wird für domm verschriea,
Vom ganza groBa Haufa Lompapack. –

Wer heit will von Moral ond G'wissa reda,
Wird kalt ond frech verschpottet ond verlacht,
Ond koiner denkt an's traurig End von ällem, –
Was hot doch d' Habgier aus de Menscha g'macht!

Scho lang isch nemme, wia en alte Zeita,
Net blos d'r Krieg hot d' Menschheit so weit brocht,
Noi, lang vorher hot krasser Egoismus,
Wia schleichend's Gift scho en de Menscha kocht;
Erscht was no gfehlt hot, hot d'r Kriag vollendet,
Ond hot's zom Ausbruch brocht voll über Nacht,
Ond hot da letschta Rescht von Treue g'schändet, –
Was hot doch d' Habgier aus de Menscha g'macht!

Ob heit zerschmettert mir am Boda lieget,
Ob's Elend guckt aus älle Wenkel raus.
Ond ons're Feind ons, kalt ond obarmherzig,
Da letschta Tropfa Herzbluat presset aus, –
's wird trotzdem weiter g'wuchert ond betroga,
D'r Menschheit 's G'wissa äls no net erwacht,
Mr ka bei Gott blooß wehen Herzens saga:
Arm's Vatterland, was hent se aus d'r g'macht!

D'r Männe

D'r Männe, (Hermann klengt so hart!),
Deescht oiner von d'r gsonda-n-Art,
A Prachtsbua, von a Johres drei,
Wer den blooß aguckt, mag'n glei.

Sei Muader, dui wär ganz em Glück,
Wenn endlich blooß der kloine Schtrick
Am andra Morga no sei Bett
So propperle, wia Obeds hätt.

Doch aber ach, do happert's no,
Was hot se net scho g'macht ond do,
Doch nex bis jetzt Erfolg verspricht, –
's ischt älle Dag de nämlich G'schicht.

Heit aber, wia se zua-n-em goht,
D'r Männe en sei'm Bettle schtoht,
Liab, gsond ond luschtig, frisch ond rot,
Nochdem 'r zwölf Schtond g'schlofa hot.

Ond wia se'n rausnemmt aus'm Bett,
Do traut se ihre Auga net:
»Ja Männe«, ruaft se aus ond lacht,
»Heit hoscht jo net en's Bettle g'macht!«

Verwondert guckt der kloine Ma
Sei Bettle z'erscht, – no d' Muader a,
Ond macht a G'sichtle na zom Fressa:
»Heit, Mame, han e's danz verdessa!«

Schlittapartie

’s ganz Leba isch grad wia-n-a Schlittapartie,
Es goht manchmol glatt, manchmol hott,
manchmol hüü,
D’r oi kommt an’s Ziel hondertmol ond no meh,
’s goht grad wia am Schnürle mit hei ond juchee!

D’r ander, der plogt sich ond kommt net vom Fleck,
Ont’r dem schmilzt d’r Schnee weg ond wird’m
zu Dreck,
Ond moint’r, jetzt goht’s, weil so prächtig heit d’ Bah,
Verkracht’m d’r Schlitta, daß’r’n hoimtraga ka.

Ond’s andermol wieder, wer gibt denn gleich woich?
Probiert’r’s uf’s neie, aber kommt halt net
z’Schtroich,
Glei karampoliert’r ond fliagt aus d’r Bah,
Ond haut an’n Baum sich da Hirnschädel na.

Ond während drhoim’r da Meckel sich pflegt,
D’r oi wia d’r Blitz uf d’r Bah ronter fegt,
Ond nufwärts do fend’t’r, verlaß de fei druf,
En Domma, der ziagt’n no ’s Bergele nuf.

Grad so schpielt au’s Leba, d’r oi kommt vom Fleck,
Fascht müahlos, derweilsch fliagt d’r ander en Dreck,
D’r Nexnutz kommt hoch, aber z’Grond goht’s Genie
’s ganz Leba, o Leit, isch a Schlittapartie!

Dees därf mr net

Was wird oim 's Leba schwer g'macht, Leit,
Denn wenn oin ebbes no so freit,
No muaß mr z'erschta überlega,
Ob kois ka ebbes han dergega, –
Mr därf net oifach, wia mr möcht,
Z'erscht frogt sich's, was d'r ander secht,
Ob's schicklich ischt ond ob's erlaubt,
Ond was d'r ander moint ond glaubt,
Ond was wohl d' Leit dervo deant denka,
Ob's koin verletza ka ond kränka,
Ob's nergeds Aschtooß wohl erregt,
Dees älles g'hört wohl überlegt;
Ond hosch d'rs bis zom Überdruß,
Erwoga ond kommscht zom Entschluß,
Isch 's End vom Liadle moischt, – i wett:
Dees därf mr net, dees därf mr net!

Au omkehrt, wenn d'a Wuat oft hoscht,
Daß d'beinoh an de Wänd nuf gohscht,
Dees muascht fei vor de Leit verdrucka,
Därfscht oft mit koiner Wemper zucka;
Muascht lächla, wenn d' au heula mechscht,
's muaß höflich sei, was duascht ond sechscht,

So, wenn vor Gschäft d'r Kopf dr brommt,
Ond wenn no do a »Bsüachle« kommt,
Von irgend so-n-ra Sort von Menscha,
Dia mr mecht glei zom Deifel wenscha,
Ond hockt d'r dritthalb Schtonda rom,
Ond schwätzt oft dömmer no wia domm, –
Au wenn d'rs übel wird dervo,
Trotzdem, den läschtiga Patro
Nausschmeißa, daß a Ruah mr hätt –
Dees därf mr net, dees därf mr net!

Au en d'r »Konscht« goht's grad aso,
(Dui Sort, wo-n-i moi, kennt mr scho) –
Wenn d'au verplatza möchscht vor lacha,
Muascht doch a-n-ernschthaft's G'sicht na macha,
Wenn d' äls vor so'ma Holga schtohscht
Ond vor Erschtauna schwitzscht ond blooscht, –
Wia mancher denkt: Ischt dees a Dreck,
Ond duat, als wär er ganz aweg;
Er lauft bedächtig z'rück an d' Wand,
Ond blenzelt durch sei hohla Hand: –
Dees sieht halt doch noch ebbes aus, –
Denn daß oim so-n-a Bild a Graus,
Bei dem mr's net verrota ka,
Ghört's so rom oder anderscht na,
Dees saga, wia so gern mr wett,
Dees därf mr net, dees därf mr net!

’s ganz Leba-n-isecht Theaterschpiel,
Mr därf net, was mr möcht ond will,
Mr därf zu neamerts Rendviech saga,
Mr därf oim kois an Backa schlaga,
Ond wemmer älla Grond au hätt, –
Dees därf mr net, dees därf mr net!
Mr druckt oft manchem Tropfa d’ Hand,
Ond denkt em Schtilla ällerhand,
Mr secht, ond macht no ’s freindlichscht G’sicht.
»Uf Wiederseah« zu so-m-a Wicht –
Dem d’ Moinong sa’ von A bis Z, –
Dees därf mr net, dees därf mr net!

So gibt’s no Beischpiel meh wia ois,
Doch älles saga, was mr woiß,
Ond wemmer no so Luscht au hätt’ –
Dees därf mr net, dees därf mr net!

Früahleng

Leit, was isch doch d' Welt so schee,
Machet d' Fenschter uf juchhee,
Hent'r's scho vernomma? –
Über Nacht, jo gucket no,
Hot d' Natur en Rucker do,
Ond d'r Lenz isch komma.

Lang gnuag hemmer Wenter ghet,
Lang gnuag hot dr Schturmwend g'weht
Über ällem z'samma;
Aber jetzt, potz heidenei,
Schtrahlt d' ganz Welt em Sonnaschei,
Wia en Gold ond Flamma.

Frohe Menscha Hand en Hand
Wanderet durch Wies ond Land,
Onder Scherz ond Senga. –
Jong sei en d'r Früahlengszeit,
's ka koi größra Seligkeit
Oim d'r Hemmel brenga.

D' Ihmla gautschet omanand,
No ganz blend ond fremd em Land,
Älles glitzt ond fonkelt;
Fascht aus jedem Busch ond Hag

Hört mr Fenk- ond Moiseschlag
Bis d'r Obed donkelt.

En de Hecka, en de Äscht,
Richtet d' Vögela ihr Nescht,
Denn es woiß dees G'sendel,
's hot jo doch uf jeda Fall,
Bald en ganza Hasastall
Kender en de Wendel.

Wo da gohscht durch Flur ond Feld,
Fendescht älles wohlbeschtellt,
Wieder ons z'ernähra;
D' Erda duftet herb ond schwer,
Wia wenn 's Brot scho z'riacha wär,
Dees se ons will b'scheera,

Aus de G'sichter leuchtet's froh
Jedem heit: D'r Lenz isch do!
Kois denkt an Beschwerda. –
O wia isch doch d' Welt so schee,
Fort mit ällem Loid ond Weh:
Früahleng isch uf Erda!

»G'sagt!«

Ob oin do a Wuat net packt,
Secht dui Denge, i häb's g'sagt!
Sui häb's von'r a Bas vernomma,
Ond dui sei derhenter komma,
Weil's ihr's Schwogers G'vatterskend,
Dem mr älles glauba kennt,
G'hört häb neilich von seim Bäsle,
Dui häb's aus'm Webergäßle,
Wo-n-a Gschwistrichkend von ihr
Handelt dort mit Altpapier.

Wia dees wurmt ond an oim nagt,
Secht dees Muschter, i häb's g'sagt!
Dobei isch's doch ganz verloga,
Reiweg aus de Fenger g'soga
Isch dui ganz G'schicht, meiner Seel,
Moi, was dera-n-i verzähl! –
Eher als so ebbes z'saga,
Dät e me uf's Maul nuf schlaga,
Schäma dät e me uf Ehr,
Wenn e so-n-a Wäschweib wär!

Jesses noi, von mir schtammt's net,
Narr, wenn dui a-n-Ahnong hätt,

Daß ihr oigna Schwiegermuader
Neilich hot mei's Schwogers Bruader
Extra b'suacht mit seiner Braut,
Ond dui hot's'r avertraut,
's wär en Kaltatal a Vetter,
Siadichhoiß dees G'schichtle hätt'r
Hoimbrocht seiner Schwester Ma,
Der sei Maul net halta ka.

Mir hot's Batscha nia behagt,
Drom han i no nia nex g'sagt,
Deshalb ka-n-e's net vertraga,
Will no so-n-a Weibsbild saga
I häb's g'sagt, ond 's isch koi Hoor,
Daß i ebbes g'sagt han, wohr. –
Aber ebbes will e saga:
Glei dät i dees Weib verklaga,
Dät mer's ebber saga voll,
Was e denn blooß g'sagt han soll.

D'r Schritt en's Leba

»Komm, Kend, 's isch Zeit, daß d'ufhörscht
  jetzt mit schpiela.
Denk no, jetz bisch jo nägschtens Konfermand,
Wenn d' ebbes recht's em Leba witt erziela,
No gibt's, liab's Kend, no z'lerna ällerhand. –
Dees glaubscht doch au, mit Doggakloidla macha
Ond Doggaschpiela kommt mr net durch d' Welt,
's wird langsam Zeit für wichtigere Sacha,
Bischt jo mei Großa ond verschtohscht me, gelt?«
So d' Muader, – 's Kend hört zua ond wird verlega
Nickt bloß ond kriagt a Köpfle, hoiß ond rot,
Was hätt's au schliaßlich derzua saga möga,
Es woiß jo au, wia recht daß d' Muader hot.
No holet se mitnand aus älle Wenkel
Zwoi Dutzed Dogga, – 's kennet meh au sei,
D' Helene mit'm g'flickta Oberschenkel
Kommt z'ällererschta en a Schachtel nei
's Margretle, 's Lorle, d' Liselott ond 's Mäxle,
's blond Hannele, dees »Mama« saga ka,
Kriagt gschwend en Kuß no, – d' Lies', dees goldig
  Hexle,
Dees druckt se extra no an's Herzle na. –
D'r Max ond Moritz lieget brav zelbander
Beim Fritzle drenna ohne Füaß ond Händ,
Ond so goht's fort, bis älle mitanander

En groß' ond kloina Schachtla drenna send. –
No ganget se mitnander nuf uf d' Behne,
Ond packet älles z'sämma en a Kischt,
D'r Muader, 's ischt zwor koina grad von »dene«,
Om's Herz rom doch a bisle oiga'n'ischt,
Denn d' Schtubena, mr sott's jo gar net moina,
Dia seahnt jetzt aus, so groß, so kalt ond leer,
Derzua dees traurig G'sichtle von der Kloina,
Als ob wahrhaftig ebber g'schtorba wär. –
D'r Dag goht rom, dees Kend uf leise Sohla,
Schleicht scheu ond ganz verwettert rom em Haus,
Wenn's neamerz hört ond sieht, no läßt's
   verschtohla
Oin diafa Seifzger om da-n-andra naus;
Erscht beim Gut'Nachtkuß ka's es nemme heba,
No bricht d'r Schmerz aus ond verschlächt'm
   d' Schproch,
Ond 's greint, wia nia z'vor en sei'm jonga Leba,
Viel hoiße Träna seiner Kendheit noch.

Uf d'r Hochzich

Uf d'r Hochzich von d'r Kätter,
Do isch meh wia luschtig gwä,
Do hot's Brotes, Würscht ond Schonka,
Ond en Berg von Kuacha gä. –
Honger hot fei koiner g'litta,
Au koin Durscht, noi, währle net,
Omasonscht hent net de Alte
Oiges Gwächs em Keller ghet. –
G'luadert hent se, g'juchzt ond g'songa,
Danzt, daß d' Scheiba zittert hent,
D' Musikanta, dia hent blosa,
Daß se kröpfig worda send. –
Blooß a jongs ond muschbers Weible,
Dui hockt äll'weil en d'r Eck,
Will mr se zom Danza hola,
Brengt's d'r säuberscht Burscht net weg. –
Schliaßlich goht d'r schwarze Peter
Zu dem jonga Weible nom,
Ond, potz Blitz, der Donnderskerle,
Der brengt's z'Weg ond kriagt se rom.
»Ha, oin Walzer will e danza,
Ob e's glei au gar net sott,
Woisch jo selber, daß mei Frieder
No koi Vierteljohr isch dot. –

Aber ois verschprichscht mr, Peter,
Gel, recht sachte, g'schtäd ond schee,
Daß fei d' andre älle merket,
Daß e diaf en Trauer be.«

D'r Wonderdokter

Äll Dag ebbes anders z'klaga
Hot johraus, johrei der Ma,
Ond wia arg, – oft net zom saga –
Wia-n-er's bloß präschtiera ka? –
Sei's am Maga, sei's am Herza,
Ebbes duat'm emmer weh,
Hot'r koine Ruckaschmerza,
Hot'r 's Reißa en de Zäh. –
Ond sei Weib erscht, – deescht a Jommer,
Dui hot's mit de Nerva z'do,
Dui schleicht au ond hockt blooß ommer
's ischt a-n-Elend, – glaubet's no. –
Ond uf Hoilong isch net z'hoffa,
Dees isch 's ällerärgschte dra,
Zu de Dökter send se gloffa,
Daß mer's nemme zähla ka. –
Emmer schwebet düschtre Wolka
Über boide, – liaber Gott –
Isch's a Wonder, daß dees Folga
Für da Ehefrieda hot? –

Krittelich ond launisch send se
Morgeds, Middags, Obeds, Nachts,
Nex wia Zank ond Hader hent se,
Scho beim kloinschta A'laß kracht's. –
Früahleng, Sommer, Herbscht ond Wenter
Ganget Johr om Johr vorbei,
Doch dees Elend wird net mender,
's bleibt de ewig Litanei. –
Liaber Gott, was wär's no worda? –
's kennt oim grausa, denkt mr dra, –
Bis uf oimol an dr Pforta
Ganz diskret dr Schtorch klopft a!
Ond er kommt ond legt en d' Wiaga
Dees so hoiß ersehnte Kend,
Uf dees boide – ohne z'lüaga –
Fascht zeah Johr lang g'wartet hent!
Glück, so groß, net zom ermessa,
Brengt ens Haus der kloine Bua,
Älle Sorga send vergessa,
Ond a's Kranksei au derzua! –
D' Muader woiß nex meh von Nerva,
D' Sonna scheint von früah bis schpoht,
Mausaus isch mit Zank ond Zerfa,
Kois meh ebbes z'klaga hot! –
Ond d'r Ma, – der brommig Denger,
Hot en Krattel, wia-n-a Haus,
Sieht om zwanzig Johr fascht jenger,

Wia vor vierzeah Dag no aus. –
Isch dees net a Wonder, währle,
Wemmer so dui Sach bedenkt? –
Was doch so-n-a kloiner Kerle
Wonderkura fertigbrengt! –
Falls au onter eich so Leit send,
Dia am End send ähnlich dra,
Mecht i'ch rota, wenn'r gscheid send,
Schaffet eich en Buaba-n-a!

Was mr em Fritzle älles wehra muaß

Fritzle, laß dees Messer liega, –
Gohscht mr glei vom Fenschter weg, –
Hör jetzt endlich uf mit pfeifa, –
Jesses Bua, was bischt voll Dreck. –
Schpiel mit Deine Bleisoldata, –
Laß Dei Schweschterle en Ruah, –
Trampel net so omanander, –
Nemm De z'samma, böser Bua. –
Siehsch, jetzt hosch en's Dischduach g'schnitta. –
Legsch mr jetzt dui Scheer do na, –
Gang vom Ofa weg, do brennschte,
Trett net uf Dei Eisebah. –
D' Fenger weg vom Dendahafa, –
Rutsch doch net so uf de Knia, –
Wenn e jetzt no viel muaß schwätza,
No kriagscht Prügel, ond dees wia. –
Fascht hättscht jetzt dees Glas omgschmissa,
Liabe Zeit, was isch au dees,
Wia kascht blooß den Hond so rätza,
Hörsch, er knurrt scho bitterbees. –
Lausbua, hörscht jetzt uf mit Knalla,
Giebscht denn heit au gar koi Ruah? –
Gang mr weg vom Vogelkäfig, –
Laß doch dees Klavier jetzt zua. –

Wia kasch so dees Buach verderba,
Guck, do fahret d' Fetza rom, –
Bua, laß doch mei Schtrickez liega, –
Gautsch net so , d'r Schtuahl fliagt om. –
Laß mr doch dees Kätzle schlofa, –
Schnattra duascht heit, wia-n-a Ga(n)s, –
Gohscht mr weg vom Kohlaeimer, –
Fritzle, d' Fenger aus d'r Nas. –
Jetzt hörsch sofort uf mit Läppera,
Fall net von Deim Wiagagaul, –
Schteck mr uf jetzt Dei Getrommel,
Fritz, den Steinis aus'm Maul. –
Gsälzbrot gibt's heit mittag wieder,
Jetzt hosch grad en Äpfel g'het, –
Sei jetzt still, hör uf mit Mauza, –
En d'r Schtuba schleift mr net, –
So goht's fort von früah bis obed,
's isch koi G'schpaß, du liaber Gott,
Was a Muader so'm a Krampes
Von vier Johr net z'wehret hot. –
Liabe Zeit, so send halt Buaba,
Wemmer's oft au schüttle mecht,
Wäret älle brav wia d' Schäfla,
Wär's oim ganz gwies au net recht.

D'r kranke Kaschper

Do neilich, do füehrt me d'r Zuafall amol
En's Wengertersbaizle, zom Träubleswirt Pfohl,
Do hockt d'r a Klicka beinander, o je,
Vor Rauch ond vor Qualm siehscht dia Brüader net meh.
D'r Wei scheint recht süffig, de Gäscht sieht mr's a,
's hot jeder scho gloischtet soviel als'r ka,
Es fonklet dia Äugla ond d' Meckel send rot, –
Was do wohl a jeder scho neidudelt hot? – –
D'r Kaschper hockt au do, ond schwätzt ond verzählt,
Haut äls uf da Disch nei ond schreit ond krakeelt,
Potz Blitz, gäng dem d' Arbet blos halb' so leschär,
Was moischt, was d'r Kaschper a Kerle no wär! –
»Du Kaschper«, so frog'n, »jetzt sag mr doch no,
Jetzt wart e d' ganz Woch omasonscht uf de scho,
Mei Gaarta g'heert romg'macht, – was soll denn dees sei,
Ond schtatt daß da hergohscht, hockscht liaber beim Wei?!«
D'r Kaschper, der haut uf da Disch nei, wia lätz,
Ond fahrt ame na: »So-n-a-n-allbaches Gschwätz!
Narr, kenna vor Lacha! Mi hot's wia no nia,
I han doch a Longa-n-entzendong, ond wia!«

Geduld brengt Rosa

Es hocket en d'r Schtroßabah
Zwoi, wia mr's öfters treffa ka,
Se bruddlet rom, se bruddlet nom,
Daß äls so lang koi Waga komm,
Daß mr oft schtanda müaß, bei Gott,
Bis daß mr z'letschta Plattfüaß hot,
Ond 's sei wahrhaftig nemme nett,
Was mr do Zeit versäuma dät,
's dät not fascht, mr dä Auto fahra,
Doch müaß mr eba-n-elend schpara,
Ond so goht's weiter, ohne Paus,
Uf oimal – boms – dr Schtrom setzt aus!

»Jetz do, – om älles en d'r Welt,
Dees hot wahrhaftig au no g'fehlt,
Grad wo-n-e uf da Bahhof muaß,
I kriag da Zug jetzt nemme z'Fuaß«!
D'r ander schreit: »I will doch au
Noch Fraidaschtadt zu meiner Frau!« –
Se ziaget boide d' Uhra raus,
Ond schtrecket d'Köpf zom Waga naus.
»D'r Deifel soll, i muaß grad saga,
Den ganza Lompakruscht verschlaga,
Du liabe Zeit, was fang e a?
I muaß uf d' Bah, i muaß uf d' Bah!«

»Komm«, secht d'r oi, »mr schprenget g'schwend,
Denn schliaßlich ka's doch sei am End,
Daß vor mei Uhr a bisle goht,
Ond daß d'r Zug Verschpätong hot.«
»Guat«, secht d'r ander, »nex wia g'sätzt,
Ond, wupdich, naus zom Waga jetzt!«
Ond wia se glücklich drussa send,
Ond kaum de erschte Sätz g'macht hent,
Do bleibet se em laufa schtecka,
Vor Überraschong ond vor Schrecka, –
En Schucker duat's, – kling, – Jubheidi:
D'r Karra fahrt, – adjes Partie!

D'r neie Choral

's Lorle fliagt uf d' Muader los:
»Mame, Mame, denk doch blooß,
Mir hent en Choral g'lernt heit,
Der isch gaudich, liabe Zeit!«
D' Muader secht: »Was fallt d'r ei,
Was ka do dra »gaudich« sei?«
»Doch, an den därf koiner na,
Weil mr au druf danza ka.«

O lätz Matteis!

»Was isch, Herr Kropf, Sia gucket drei,
So sauer beinoh, wia ihr Weih,
Was duat Se denn au quäla?
I moi, d'r Handel gang doch guat,
Wo älles Wei heit trenka duat,
Wo soll's denn do no fehla?«

»A was«, secht druf d'r Weiwirt Kropf,
»Heit schtoht jo älles uf'm Kopf,
Narr, do vergoht oim's Schpassa;
Do soll d'r Mensch net narret sei,
Mi hent se ei'g'schperrt, ond mein Wei,
Den hent se laufa lassa.«

D'r Trauerzug

Do neulich goht a Trauerzug
Direkt an mir vorbei,
Viel Kränz ond Bloama uf'm Sarg
Ond viele Leit derbei. –
Wen führet se jetzt do blooß naus,
Denk i so vor me na,
Ond bleib grad schtanda, weil e doch
Net über d' Schtroßa ka.

Trotz äller Trauer, ällem Ernscht,
Hent d' Leit a bisle batscht,
Fei net blooß dia en Onterröck
Hent babbelt ond hent g'ratscht. –
I denk, dia schwätzet sicherlich
Blooß von dem dota Ma,
Jo Mulle, was e ufg'schnappt han,
Dees hört sich anderscht a:

»Mei Ma mag halt koi Sauerkraut« –
»D'r Mei ißt's, wann'r's kriagt«, –
»I gang blooß bis an's Tor na mit,
Weil's dren so scheußlich ziagt.« –
»Em Träuble gibt's scho neua Wei,
Da Schoppa om a Mark.« –
»Mei Rickele, dui schmeiß e naus,
Dui schtiehlt a bisle z'arg«. –

»Sag, hent Ihr au a Radio?« –
»Jo, aber 's duat net recht,« –
»Sia hent jetzt au en Bubikopf?
Ha, 's schtoht'n erscht net schlecht.«
»Wenn i blooß scho a Wohnong hätt,
Descht doch bei Gott a Qual
I wohn derhoimd bei meine Leit,
Mei Ma en Kaltatal!« –

»Vielleicht langt's no en's Kino heit
»Erscht no, do gang e mit,« –
»I han a Schtöffle für a Kloid,
Hent Sia koin netta Schnitt?« –
»D'r Luile hot a-n-Auto jetzt.« –
»Ha, do schlag oiner na,
Derbei pompt mi no vor acht Dag
Der Fetzaberger a!«

»Was han e geschtern 's Bauchweh ghet,
's isch no net wia's sei sott,«
»I han mein Schteuerzettel kriagt,
O Gottogottogott!« –
»Was schtoht'n doch so wondernett
Ihr neuer Wenterhuat!« –
»Der koscht au fenfazwanzig Mark«, –
»Jetzt send Se no so guat!«

»Mei Schneidere hot d' Rechnong g'schickt,
Mei Ma hot net schlecht g'schempft« –
»Mei Kloiner schreit d' ganz Nacht – der zahnt,
Ond isch derbei no g'empft.« –
»Du, von d'r Babett schwätzt mr au
Aheba ällerhand,«
Komm gang mr weg, dui hot doch mir
Amol en Schatz ausgschpannt.« –

Gohscht nochher zom a Schoppa mit?« –
»I han fascht net d'r Zeit.« –
»I woiß a Mittel für dein Kropf.« –
»Mir hent da Moler heit.« –
»Du's Kätterle hot Zwilleng kriagt.« –
»Mei Moscht isch beinoh räs.« –
»Do schmeckt a Rettich fei derzua,« –
»Ond au a Bachschtoikäs.«

Zwoi alte Weibla ganz am Schluß,
Von dene hör e grad:
»Daß der Ma jetzt au schterba muaß,
Isch wirklich jammerschad!
Sei Lebtag hot'r g'schpart ond g'schafft,
Bis dicht vor's Schterba na,
Was duat mr doch so elend loid
Der seelaguate Ma!« –

Mädle, laß da Kopf net henka

Mädle, laß da Kopf net henka,
Was wär denn au dees?
Muascht net äll'weil 's ärgschte denka
Ond mit Eifersucht me kränka,
Narr, sonscht wurre bees.

Wenn e au äls von d'r Seita
Guck a-n-andre a, –
Glaub's, net oina ka-n-e leida
Du bischt mei für älle Zeita,
Do kommt nex dra na.

Wenn e koina sonscht bewonder,
Ond uf koina schpann,
Woher wüßt e no, potz Donnder,
Daß e's liabscht ond's herzigscht onter
Älle Mädla han?

Was d' Leit net älles »wellet«!

Was doch d' Leit net älles »wellet«!
Däglich mr erfahre ka,
Wemmer's frogt noch sell ond jenem,
Daß mr nex wia schtauna ka. –
»Geschtern han e komma wella,
Aber's hot mr halt net g'langt«,
Secht mr oiner, der mit hondert
Mark mr en de Büacher hangt. –
Au mei Freund hot brenga »wella«
Für mei Kend en Luftballo,
Brächt'r'n heut – jetzt isch se zwanzig
Hätt' se kaum meh Freud dervo.
Oiner gibt verdlehnte Büacher,
Ganz verfetzt ond aus'm Loim,
»Lang scho han e's brenga wella«
Mir noch Johr ond Daga hoim. –
Oiner hot me bsuacha »wella«,
Wia-n-e krank be gwä em Bett,
Ond er wär au ganz gwies komma,
Wenn'r's net vergessa hätt.
Mancher hot scho helfa »wella«,
Isch sei Freind en Drang ond Not,
Leider isch'r so beschäftigt,
Daß'r d' Zeit net g'fonda hot. –

Was brauch i no viel z'verzähla,
Wenn'r d' Auga offa hent,
Seahnt'r au, wia überraschend
Willensschtark oft d' Menscha send.

Zahweh!

Ihr Leit, 's isch wohr, 's isch net zom lacha,
's gibt uf d'r Welt gar viele Sacha,
Dia oagnehm ond schmerzhaft send,
Ond wia, dees woiß scho jedes Kend!
Scho 's Bauchweh isch grad koi Vergnüaga,
Glaubt's oiner net, – glei soll er's kriaga,
Au dees schafft zemlich Schmerz ond Pei,
Dappscht barfuaß en en Nagel nei!

Ziagt's Zipperle durch Mark ond Knocha,
No kennscht vor Schmerz schier überkocha,
Au denkscht bisweila lang no dra,
Hauscht's Kneedle oder 's Scheeboi na.
's schmerzt, wend witt uf a Bank na sitza.
Ond hockscht de en en Nagelschpitza,
Au deescht a Schmerz potz Element,
Wenn oiner d' Doba sich verbrennt.

Hoscht 's Schädelweh vom viela »Denka«
Fliagscht d' Schtiag na, ond duascht d' Hand verrenka,
Hauscht an a-n-Eck da Meckel na,
Daß d' Hoor d'r bleibet hanga dra, –
Hoscht älleweil en Druck em Maga,
Dees send jo Schmerza, net zom saga,
Au isch's wahrhaftig koi Genuß,
Hosch Kreizweh ond da Hexaschuß.

Hosch 's Halsweh oder Ohraschmerza,
Da Krampf em Wada ond am Herza,
Au so a Donnders-Nagelfluß
Duat gwies oim weh ond macht Verdruß,
Doch giebt's oin Schmerz, – 's klengt jo verwega,
Do isch dees älles Dreck dergega,
D'r ällerärgschte Schmerz, bei Gott,
Isch doch, wenn oiner 's Zahweh hot!

I ka dervo a Liadle senga,
Dees ka-n-oin zur Verzweiflung brenga,
Dees duat d'r weh, verlaß de druf,
Vom Zeah bis zu d'r Glatze nuf!
Wer dees hot scho erleba müaßa,
Braucht koine Senda meh z'verbüaßa,
So viel'r g'macht hot, ond no macht,
Er büaßt se ab en oiner Nacht!

Do neilich hocke g'sond ond friedlich
Am Mittagessa, recht gemüadlich,
Schiab grad en g'sonda Schübel nei,
Z'mol fahre uf vor Schmerz ond Pei!
Huu, liabe Leit, isch dees a Schrecka,
D'r Buuß bleibt grad em Hals mer schtecka,
I dua en Schroi ond fahr en d' Höh,
Om Gottes Willa, duat dees weh!

Der Donnders-Backazah, der lompich,
Der niederträchtige, der schtompich
Was hot der mir scho Schmerza g'macht,
No jo, dees gibt a nette Nacht!
I kenn dem Luader seine Mucka,
Den Schmerza kascht fei net verdrucka,
Do wirscht ganz sirmelich em Hirn,
D'r Angschtschwoiß schtoht d'r uf d'r Schtirn!

Rom isch jetzt mit 'm Mittagessa,
Mei Weib dees tröschtet me endessa:
»Gang her ond lieg a bisle na,
Vielleicht hoscht nochher Ruah em Zah!«
I folg 'r, doch kaum ben e g'lega,
Do hätt'e an de Wänd nuf mega,
Wia dees do drenna rom romort,
Ond schticht ond brennt ond klopft ond bohrt!

So liege do, da Kopf verbonda,
Ond han d'r Schmerza g'het drei Schtonda,
Trotz warme Omschläg, – sapperment,
Hot's ällaweil no ärger brennt!
No han e me mit Kognak gurgelt,
Bis e be schier vom Sofa g'hurgelt,
Deescht scheint's a Mittele, dees batt'
Z'mol han e g'schlofa, wia-n-a Ratt!

So han e duselt, sanft ond seelich,
's isch Obed worda so allmählich,
Kaum wach e uf ond setz me na,
Do fangt dees Luader wieder a!
Ond wia, dees ka-n-e gar net saga,
Dia Schmerza ka koi Gaul vertraga,
Domit no größer wird 's Maleer,
Isch au no 's Kognakfläschle leer!!

Bis elfe han e rom g'salbadert,
Ond g'fluacht ond mit meim Schicksal g'hadert
No secht mei Weib: »Ganz gwieß, 's isch 's bescht,
Da ziagscht de aus ond liegscht en's Nescht!«
Jo Dreckle, schtatt e Ruah han g'fonda,
Han i no viel meh Schmerz empfonda,
Z'erscht fliaget älle Kisse naus – –
I werd a Narr, i halt's net aus!!!

Ond glei derhenter isch em Boga
Au d' Decke no en d'Schtub nei g'floga,
So lieg e do em blutta Bett,
Ond han da Kopf am Fuaßnet g'het!
Han g'schwitzt, ond g'schtöhnt, 's isch net zom saga,
Han äls da Kopf an d' Wand na g'schlaga,
's hot ällemol en Bomser doh,
Daß d' Hausleit ufg'wacht send dervo!

Ihr liabe Leit, en dene Schtonda,
Do han e's erscht so recht empfonda,
Was en dem Schpruch, den jeder woißt,
»Die kummervollen Nächte« hoißt!
I will's mei Lebdag net vergessa,
Wia-n-i em Bett be »weinend« g'sessa,
Wia-n-i mein Backa schmerzdurchbebt
Han an da kalta Ofa g'hebt.

So en de erschte Morgaschtonda
Han doch a bisle Schlof i g'fonda,
Doch, wia-n-e ufg'wacht be, o Graus,
Du liabe Zeit, wia sieh-n-e aus!
Ihr hättet me no seha solle:
Da Backa, 's Gsicht, da Kopf verschwolla,
Vor Schrecka schlächt mei Weib en d' Händ,
Se hot me beinoh nemme kennt!

Doch ’s Zahweh will sich net verliera,
’s isch oifach nemme zom präschtiera!
Der Luaderszah, jetzt muaß er raus,
Dees haltet jo kei Deifel aus. –
I ziag me a, lang noch mei’m Deckel,
Der paßt schier nemme uf mein Meckel,
Du liabe Zeit, du liabe Zeit!
So g’schwolla han e’s gä, ihr Leit!

No ben e halt zom Zahnarzt ganga, –
Wia der duat noch dr Zanga langa,
Uf oimol, – kascht denn do au meh?
Do duat mei Zah mir nemme weh! –
Drom sag e: »Ha, jetzt läßt mer’n drenna!«
Ond lach, so gut e halt han kenna, –
»Raus muaß’r«, fahrt der an me na, –
Om Gottes Willa, er fangt a!!

Milliona Schterna Kruzitürka,
Den Kerle mecht e grad verwürga,
’s kracht, wia-n-a platzter Luftballo,
Moi, han d’r i en Brüller doh! –
Er lächelt mit d’r freindlichst Miena,
A bisle schpöttisch hot mer’s g’schiena, –
»So, scho vorbei!« ond hebt mer na,
»Was moinet’r? – Da falscha Zah!!

Wenn i net dapfer hoim wär ganga, –
I glaub, i hätt en Mord beganga,
Doch was e'm g'wenscht han onderwegs,
Dovo verzähl e liaber nex. –
Doch hot'r au da falscha zoga,
Mei Zahweh isch trotzdem verfloga,
's bescht isch, i denk jetzt nemme dra,
Sonscht fangt's vielleicht uf 's neie a!

Schpara muaß mr . . .

Aus der Kriegszeit

I mag vielleicht au meine Otugedla han, dees will e net so ganz ond gar abschtreita, – aber oin Fehler han e net, sell woiße ganz gwies, ond dees isch d'r Neid. –

I be no koim Menscha neidig gwä, – meiner Lebdag no net! Wenn's oim no so guat goht, – i gonn's m. – Denn was han i dervo, wenn's em a-n-andra schlecht goht? Deshalb goht's mir koi Hoor besser. – Aber i ka mr net helfa, wenn e mei'm Freind Dusele sei Weib aguck, no kennt e faschgar neidich werda. – Net wega-n-ihrer Schöne, noi gwies net, aber schparsam ischt dees Weib, schparsam, descht scho ebbes ganz appartigs. –

Wenn dui am a Lada zom Beischpiel Schoklad ausg'schtellt sieht, d' Tafel om zwoiadreißich Mark, no schlächt se d' Händ übr'm Kopf z'samma, daß's au Leit gä ka, dia so-n-a Sendageld fir Schoklad ausgebet. – Kommt se no aber en a-n-anders Gschäft, des vom nämliche Schoklad d' Tafel om oisadreißich Mark fufzich verkauft, no holt se hurtig zeha Tafla – denn uf fenf Mark muaß mr doch gucka en dene deire Zei-

ta. – So leicht verdeant mr's Geld wahrhaftig net, wo älles so namalos deier ischt. –
Vor net langer Zeit hätt se halt au amol a Mäntele han solla; ihr alt's isch'r z'kloi worda – denn trotz der liadricha Zeit hot se emmer ebbes druf g'halta, daß se a däftich's Essa uf da Disch hot schtella kenna. Ond dees hot se kenna ibr da ganza Kriag – se isch net omasonscht mit'm halba Remstal versippt ond verschwägert gwä. – Ond en dera Zeit, wo d' andere Leit abg'schponna hent, daß d' Weiber ihre Korsetter hent zwoimol romwickla ond d' Männer aus'm a Hemedkraga zwoi hent macha kenna, – en dera Zeit isch mei'm Freind sei Thusnelda, – was a scheener Nama, – ausananderganga, wia-n-i alla-mol wenn e 's Zahweh han. Aber nadierlich net blooß, wia bei mir oi Backa, sondern sämtliche!!
Se hot iberhaupt a Figürle kriagt, – a Figürle, – de reinscht Ironie uf de heitich Zeit!
Also a Mäntele hot her müaßa, daß se de weiter g'machte Kloider mit ihre ausglassene Näht hot verdecka kenna. Aber so-n-a Mäntele koscht halt a Haidageld. Ond dobei send dia Schtoff koin Schuß Pulver meh wert! I moi, secht Thusnelda, i nemm a seidichs, denn Seide isch Seide, do woiß mr was mr hot, ond viel deirer isch au

net, ond derzua na isch Seide hochmodern! Also los! – Fenfadreißig Läda langet net, wo se noch'm Preis g'frogt hot, – aber 2000–3000 Mark, – noi, descht a bisle fei gar z'arg!
Aber was will dees arme Weib macha? Laufet ihr amol em a Mäntele omanander, en dem mr Angscht han muaß, daß älle Näht fatzet, wemmer da rechta Weg g'veschpert hot ond nochher niasa muaß. Also kurz ond guat, a Mäntele wird kauft, ois aus Seide, Preis siebzeahondertfufzich Mark. Der Dusele hot schier en Schlag kriagt. – 1750 Mark fir a Mäntele! – Do hot mr jo frieher a paar Ausschteira kriagt für des Geld! Dobei hot sei Weib erscht no froh sei miaßa, daß se ois g'fonda hot, denn dia G'schäftsleit sent sellmols uf solche Figürle nemme so recht ei'gricht gwä. A zwoits wär net am Lager gwä, wo-n-r baßt hätt – hot se doch scho a paar Dutzed aprobiert ghet! N. B.: Taillaweite 121!!!
Wia se so uf'm Weg gwä isch, dees Mäntele z'holet, dees alloi für sui en Frog komma wär, sieht se uf oimol ois em Schaufenschter vom a-n-andra Lada für sage ond schreibe 1400 Mark. Glei ische nei ond hot sich dees Mäntele zeiga lassa! Paßt hot's'r, wia für se g'macht! Jetzt hot Frau Thusnelda schier en Schlag kriagt – vor Fraid. »Ja om dr Gottes Willa«, hot se

g'frogt, »worom isch denn dees Mäntele so billig, überal koschtet se doch 2 bis 3000 Mark?«
»Ja«, hot'r d' Verkaifere erklärt, »dees Mäntele hangt halt scho lang, weil's wege seiner Weite koi Mensch kauft.« Sotte Figürla seiet eba heitzutag a-n-Ausnahm, – doher au der Ausnahmspreis!
Dreihondertfufzich Mark wäret om a Häärle en Dreck g'schmissa gwä, wenn se net d'r Zuafall an dem Gschäft vorbei g'führt hätt! Ond vor lauter Fraid, daß se so en Haufa Geld g'schpart hot, hot se sich no a Kloid, en Onterrock, a paar Schürz, zwoi Bettjacka ond a seidichs Blüsle kauft. D' Rechnong hot älles en ällem 2823 Mark g'macht.
Jetzt saget amol selber, hot d'r Dusele net a schparsama Frau?
Ha, dees will e moina!

Inhalt

Im Verlag Karl Knödler sind u. a. noch erschienen:

Fred Boger	Aus em Ländle
M. Bosch/J. Haidle	Schwäbische Sprichwörter und Redensarten
Fritz Joachim Brückl	Peterle vo dr Pfaffaschtub
Franz Georg Brustgi	A rechter Schwob wird nie ganz zahm
	Heiteres Schwabenbrevier
	Lichter spiegeln im Fluß
	Uf Schwäbisch gsait
	Schnurren um Franz Napoleon
	Zu sein ein Schwabe ist auch eine Gabe
Kurt Dobler	Fürs Herz ond Gmüat
	Onser Hoimet
Harald Fischer	No so drhärgschwädsd
Lore Fischer	Von Adam ond Eva bis zu de Schwoba
Dr. Frosch	Reutlingen aus der Frosch-Perspektive
Bruno Gern	Des laß dr gsait sei
	Sonnawirbel
Erwin Haas	Wohl bekomm's
Karl Häfner	Alte Leut
	Mier Schwobe wearnt mit vierzge gscheit
	Vom Vierzger a'
Georg Holzwarth	Denk dr no
Ernst Kammerer	So isch no au wieder
Karl Keller	Poetisches Hausbüchlein für Schwaben
Otto Keller	Sacha ond Sächla
	's End vom Liedle
Lore Kindler	D'r Spätzlesschwob
Matthias Koch	Kohlraisle
Wilhelm König	Dees ond sell *(auch mit Schallplatte)*
	Hond ond Kadds
Kurrle/Marx-Bleil	Gell, do guckscht!
Hedwig Lohß	Aus meim Schwalbanescht
Eugen Lutz	Mei' Wortschatz
Manfred Mai	So weit kommts no
Helmut Pfisterer	Weltsprache Schwäbisch
Ilse Rieger	Oder it?

Sebastian Sailer	Schriften im schwäbischen Dialekte
Adolf Schaich	Jetz isch letz
Hilde Schill	Moosrösle
	s' Schatzkämmerle
Heinz-Eugen Schramm	G-W (Gogen-Witze)
	Kaum zu glauben . . .
	Magscht mi?
	Maultasche'
	Wia mr's nemmt
Lina Stöhr	Grad zum Possa!
	Hoimetkläng
Wendelin Überzwerch	Erzähltes und Geschütteltes
	Uff guat schwäbisch
	Sprache des Herzens
Werner Veidt	Heiter fällt das Blatt vom Baum
	I möcht amol wieder a Lausbua sei
	Mr schlotzt sich so durchs Ländle
	Oh Anna Scheufele
	(Alle 3 Ausgaben auch in Kassette lieferbar)
Friedrich E. Vogt	Bsonders süffige Tröpfla
	En sich nei'horcha
	Schwabenfibel
	Schwäbisch mit Schuß
	Schwäbische Spätlese in Versen
	Täätschzeit
Winfried Wagner	Blos guad, daß i an Schwob ben
	Mir Schwoba send hald ao bloß Menscha
	Ons Schwoba muß ma oifach möga
	Schwäbische Gschichta
Rudolf Weit	Grad so isch
	No net hudla
	Ois oms ander
Willrecht Wöllhaf	. . .was mr grad en Strompf kommt
Heinz Zeller	De ei'gspritzt Supp

In allen Bändchen findet der Leser und Vortragskünstler humorvolle, bodenständige und »bodagscheite« Gedichte, Witze, Anekdoten und Prosatexte zum eigenen Vergnügen und zum Vortragen in fröhlichen Kreisen.